序 言

由于有了大自然的无私奉献，人类才得以生存于这个色彩绚丽的世界之中。从每年的春夏秋冬到每天的朝霞余晖，人们饱览和感受了各种不同的色彩变化。我们认识这个世界的美丽也是从色彩开始的，色彩不仅象征着自然的迹象，同时也象征着生命的活力，没有色彩的世界是不可想像的。现代的艺术家们正是从色彩的世界中得到了足够的灵性而开始了他们富有特殊意义的艺术旅程。

现代设计的色彩研究正在随着设计理念的不断变化而快速发展，作为现代设计的重要组成部分，色彩在设计中的作用显而易见。当我们在为设计作品中色彩的精彩表现而陶醉时，也不得不为设计师的匠心独运而感叹。设计作品的色彩取向往往带有浓郁的时代背景，而时代的变迁又往往依赖于社会的政治、经济、文化、艺术等各方面的综合发展。在设计领域里，我们所说的各个设计专业的时代特征通常都可以从设计作品及生产的产品色彩中找到答案，如服装设计流行色彩的发布预示着着装风格及着装文化的改变与流行；环境艺术设计中也同样有着流行色与装修风格的主流走向；工业产品设计的色彩变化同样强调时代的鲜明性。如果我们能够多加留意和观察设计作品的色彩变化，就会发现许多有趣的现象：人们在不断变化自己的服装色彩，今年爱穿红色和黑色，明年爱穿白色和棕色；家居的色彩也是一年一个样；装修的色彩风格时而华丽，时而典雅，多少体现了人们对时代的进步与变化的积极反应以及对美好生活的强烈追求。在家电产品中，过去所提到的黑色家电指的是电视机，白色家电指的是冰箱、空调和洗衣机，但在今天的产品设计中，为了更好地迎合人们不同的欣赏习惯及审美需求，家电的色彩设计已经变得非常的丰富和多样化，除了黑色和白色，我们还会看到灰色、蓝色、绿色和紫色等多种色彩的家电产品，极大地丰富了人们的生活。没有设计的中国已成历史，没有色彩的中国也已过去。现代设计在中国虽然年轻，但充满活力；设计色彩的研究和教育虽然起步较晚，但却前程似锦。我们在国内外众多设计师及专家的色彩运用和研究成果的基础上，作了更进一步的拓展与探索，从不同角度和视角分析了设计色彩的相关特征和风格，使色彩研究更加全面和具有较强的艺术性和学术性。

《现代设计色彩教材丛书》在各位同仁的大力支持下，即将与广大的读者见面，我们颇感欣慰与遗憾，欣慰的是本套丛书在经历两年的艰苦耕耘下终于告一段落，完稿成书。遗憾的是本书的编写仍然有许多不足和欠缺，还希望各位读者给予批评和指教。

本书录用的图稿既有教学中学生的作品，也有国内外设计师的优秀作品，风格极为多样化，具有着很高的学习及鉴赏价值。

停笔之前，再次感谢为此书的编写给予过帮助的老师、同学及各位朋友。

编者写于广西艺术学院设计学院

2004 年 12 月 6 日

目录

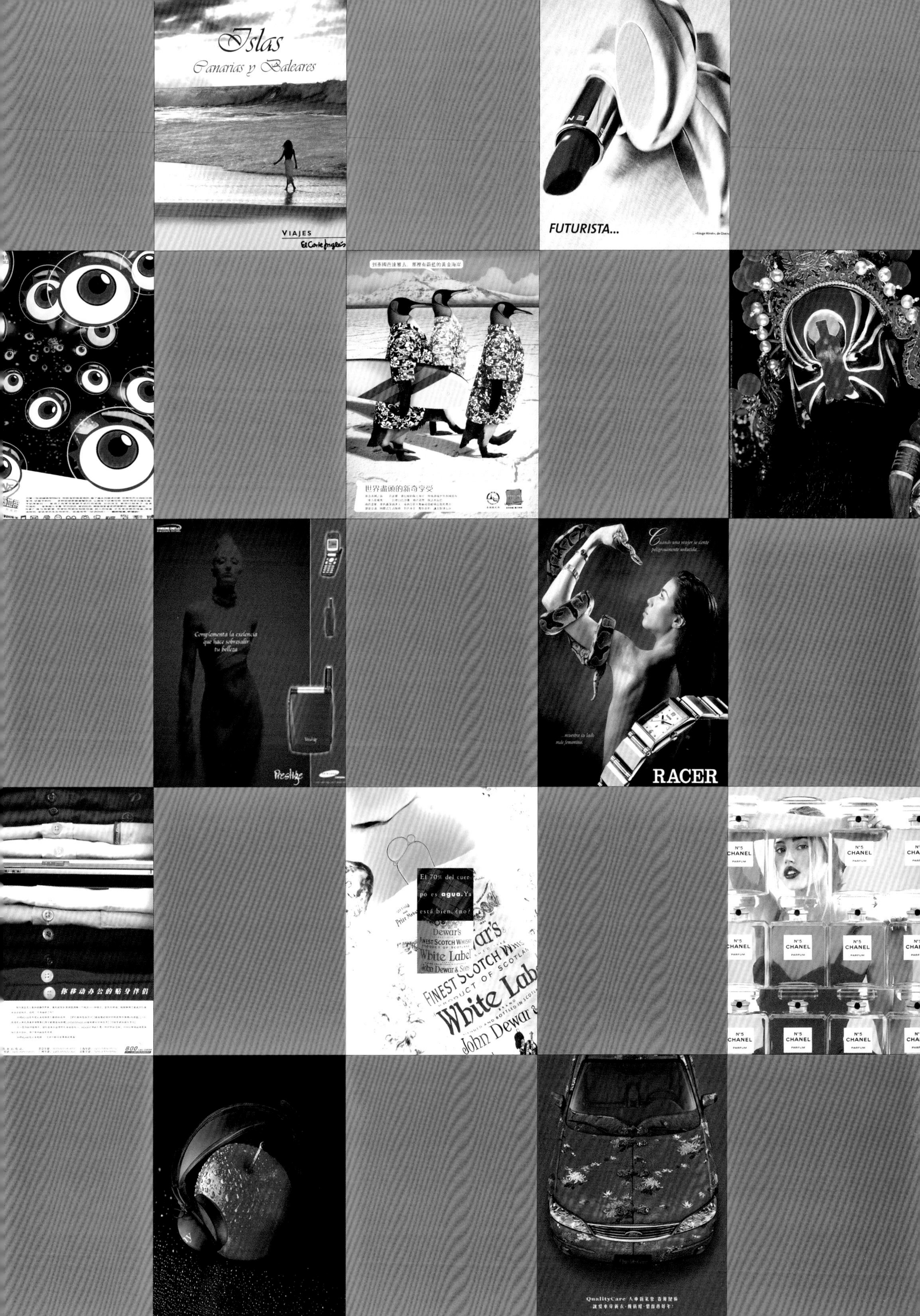
Islas
Canarias y Baleares
VIAJES
El Corte Inglés
FUTURISTA...
世界盡頭的新奇享受
Complementa la exelencia
que hace sobresalir
tu belleza
Prestige
SAMSUNG
Cuando una mujer se siente
peligrosamente seducida...
...muestra su lado
más femenino.
RACER
你移动办公的贴身伴侣
El 70% del cuerpo es agua. Ya está bien, ¿no?
Dewar's
Finest Scotch Whisky
White Label
John Dewar & Sons
N°5
CHANEL
PARFUM
QualityCare

01 广告色彩设计本质论

清晨，当太阳升起的时候，大自然开始展现它那色彩斑斓的世界，色彩，使万物充满生机。色彩伴随我们生活的各个方面，因为有了色彩我们才感受世界的美好，人生的欢乐。《文心雕龙》中“物色篇”说：“物色之动，心也摇焉。”美国艺术批评家罗金斯对色彩的魅力作过这样精彩的描述：“任何头脑健全、性情正常的人，都喜欢色彩，色彩能在人心中唤起永恒的慰藉和欢乐，色彩在最珍贵的作品中、最驰名的符号里、最完美的印章上大放光芒。色彩无处不在，它不仅与人体的生命有关，而且与大地的纯净与明艳有关。”

广告——这个经济时代的晴雨表，映照出时代的发展、进步，以及人类社会的物质文明与精神文明。它同样充满在人们的日常生活中。现在，在任何场合我们都可以看到或听到广告，广告功能早已不是单单带给我们信息，广告还带给我们感官的各种刺激，当然也包含美的感受。视觉艺术的物质基础是光，只有利用光和反射，物体才能产生色彩。现在的影视广告和平面广告都是光与色彩制作成的。色彩在广告中所起的作用是非常明显的，当我们注意广告时，也许就是因为它的色彩。动态的影视广告是时间元素加上光与色彩的变化。在平面广告中，色彩就像与人们打招呼一样，使你注意到这个广告。静态的平面广告是依赖主体的视觉冲击力和客体主观感受发挥其作用的光与色彩组合。色彩在广告中还渲染了美，使人们得到美的享受。色彩有时更是暗示了某种企业或产品的讯息。因此，我们有必要从广告的各个方面去探讨、研究广告的色彩与设计的应用。本书从广告色彩设计方面来探讨和研究广告传播中的色彩问题，也从色彩在人类生活中的各个方面所产生的作用去研究广告色彩的影响力（因为广告同样也在人类生活的各个方面产生很大的作用）。通过研究，一定会给广告设计人员带来很大的参考价值和实用价值。

第一节　色彩与信息传播

一、色彩是信息传播的符号之一。符号是利用一定的媒体来代表或指称某一事物的东西，指那些有形的事物，能带给人明确的意义，如文字、图形、音符、数字等。其实，色彩也是负载着一定意义的信息的，特别是在广告传播中，更是如此。鲁道夫·阿恩海姆在他的著作《艺术与视知觉》中写道：“形状和色彩都能够使视觉完成自己最重要的职能：它们都能传递表情；都能通过把各种物体和事件区别开来，使我们获得有关这些物体和事件的信息。”就像红绿信号灯，绿色为安全、通行，黄色为注意，红色为停止，人们根据色彩而行动，因此，色彩也是符号之一。在人们的观念中，色彩是依附于物体表面的，没有物体也就没有色彩，因此色彩不能算符号，其实，这种认识是错误的。色彩符号在不断变动之中，古人是在运用色彩中形成了色彩的符号功能。据说人类使用颜色大约在15至20万年以前的冰河时期。一些原始时代的遗址出土的红土、红骨器证明了原始人把红色作为生命之象征的观念。图腾文化中的色彩就具有象征意义，甲骨文中有四个色彩词，即幽（黑）、

黄江泉、韦耿

白、赤、黄，都是用来表示牲畜的色彩。古人还认为黄是中央色，王者之颜色；赤是南方色，南方有赤帝；青是东方色，青帝是主春的季节神；白是西方色、秋天色、五行中金的颜色，四方神兽之一是白虎；北方有黑帝，黑是北方色。这些都是人们对色彩和外部自然世界的假设性认识。色彩有象而无形，都是依附于具体事物之上的。从知觉心理学来考虑，色彩具有可测的目视性，与图像识别有直接的关系，一切视觉信息传达的形式都是一个符号体系，符号就是一种图像。广告色彩的目视性所涉及的问题就是客观地寻找最醒目的色彩，在图像、背景模式与对比度的关系中，色彩的醒目性能达到最大的限度。在这方面，人眼的光谱视敏度曲线为图形知觉判读性研究提供了科学依据，而后者的判读性的问题仍然归结于图形与背景的色彩与明度上的对比，从而决定了形状轮廓的清晰、鲜明的程度。

二、色彩可以传播一定的信息，这是取决于色彩在人们心中形成的固定的象征。当看到某种色彩时，自然在人的头脑中唤起以前所见过的视觉经验，这时，信息传递就达成了。在色彩的象征意义方面，色彩作为文化的载体，承载了特定的含义而有代替语言文字的功能，这方面的非语言暗示所产生的移情作用，通过激发情感与情绪使信息内涵的传达得到强化，这便超出了语言文字的作用。此外，色彩所承载的文化内涵与一个国家、一个民族的历史与传统密切相关，相当多的色彩与特定的含义紧密结合，作为传统习惯而深深地植根于民族文化的土壤之中。色彩的象征意义主要是通过人们的联想来实现，这就是说色彩对信息的传递取决于人们对色彩的联想。特别是人类对色彩的共同联想，正是这种共同的联想使色彩负载了一定的信息，这种信息可以是世间万物。有时色彩还需借助于其他的形态，

韦东华、李鑫

韦东华、李鑫

当二者组合在一起时，信息传达的准确率会很高。如红色，可以给人带来很多联想，有正面的也有负面的。单一的红色画面是无法传递正确的信息的，但如果有一排铁丝网的剪影在红色的画面上，人们就可以联想到监狱、战争、鲜血与死亡，信息的准确度就提高了很多。如果只是无彩色的黑白画面的铁丝网，人们只会联想到监狱和关押等有限的信息。赛车场地中，设计者将转弯处的墙壁涂成黑黄相间条纹的图案，借以提醒车手集中注意力，警惕发生意外。这是因为每当人们看到黑黄相间的条纹时，都会不自觉地产生畏惧感和警惕性，这种感觉或不仅仅来自于图案色彩本身具有的视觉特性，可能也与黑黄色条纹使人们产生对虎或是蜜蜂等可能给人带来危险的动物的联想有关，人们对这样的图形的畏惧与警惕是人们共同生活经验中对虎或蜜蜂的畏惧与警惕的延续。绿色，却常会使人们产生心旷神怡的愉悦感，仿佛置身于茂密的丛林与清新的空气之中，而生命在自然的环境下也得以健康地生长。因此，绿色，被更多地运用于医药、环保等关于生命领域的广告设计课题中。由此我们可以感受色彩的信息传递的效果了。

李朝枢、杨毅东

李朝枢、杨毅东

杨毅东、农聪玲、崔向上、李朝枢

杨毅东、农聪玲、崔向上、李朝枢

杨毅东、农聪玲、崔向上、李朝枢

韦东华

第二节　广告色彩的注意作用

广告历史上有一条持续使用了很久的经典法则，就是——注意（ATTENTION）、兴趣（INTERESTING）、欲望（DESIRE）、记忆（MEMORY）、行动（ACTION）。该法则的第一条就是ATTENTION（注意）。没有注意，广告靠什么吸引人的眼球呢？色彩是引起注意的很重要的元素之一，在色彩学的论述中，把人们能够感受的色彩的概念论述为光对人眼的刺激，光波中只有波长在380至780之间的辐射才能引起人们的视觉感觉，称之为可见光。美国光学学会（Optical Society of America）的色度学委员会曾经把颜色定义为：颜色是除了空间的和时间的不均匀性以外的光的一种特性，即光的辐射能刺激视网膜而引起观察者通过视觉而获得的景象。在我国国家标准GB5698—85中，颜色的定义为：色是光作用于人眼引起除形象以外的视觉特性。根据这一定义，色是一种物理刺激作用于人眼的视觉特性，而人的视觉特性是受大脑支配的，它也是一种心理反映。人们在第一眼看见物体时所注意和感觉到的就是色彩。因此，色彩在广告中就是非常重要的一个因素了，色彩刺激的强度决定了人们是否能够注意到广告，是否被它所吸引。另外，色彩感觉不仅与物体本来的颜色特性有关，而且还受时间、空间、外表状态以及该物体的周围环境的影响，同时还受各人的经历、记忆力、观念和视觉灵敏度等各种因素的影响。在广告色彩的设计中，我们必须考虑所有这一切的影响，并有针对性地进行安排。

因此，可以明确的是，人在色彩的刺激中感受着色彩，而色彩是如此的丰富多彩、无穷无尽，那么色彩给人的感受同样也会无穷无尽。色彩的直接心理效应来自色彩的物理光刺激对人的生理发生的直接影响。心理学家对此曾做过许多实验。他们发现，在红色环境中，人的脉搏会加快，血压有所升高，情绪兴奋冲动；而处在蓝色环境中，脉搏会减缓，情绪也较沉静。有的科学家发现，颜色能影响脑电波，脑电波对红色的反应是警觉，对蓝色的反应是放松。我们在进行广告色彩设计时，就要研究色彩的刺激作用于人眼后，人们对色彩的感觉和反应，特别是色彩在进行搭配后对人眼的刺激以及人们对色彩的不同注目率、反应和感觉，当然，在此我们可以运用心理学家对色彩的研究成果来了解这些原理，并把这些原理应用于广告的色彩设计之中。

雷波

莫紫荆、秦丹、李鹏

蓝天、白云，彩色的图形，传达了欢快的信息，具有较强的视觉刺激，能够引人注意，并预示着广告目标的美好与向往。(旅游系列广告)

到曼谷湄南河去，那裡有旖旎的沿河風光
世界之寶的夢想之地
新奇泰國之旅——曼谷湄南河，旖旎沿河風光，熱情迎接世界各國游客.
“東方威尼斯”，琳琅滿目的民俗品、國際精品，徜徉于購物天堂.
山地民族文化欣賞，神秘部落親身體驗，宗教虔誠與敬畏.
一路奇特之旅，一程異域風情.

TOURISM AUTHORITY OF THAILAND

泰國觀光局

amazing
THAILAND
Unseen Treasures
新奇泰國 魅力無限

莫紫荆、秦丹、李鹏

到泰國芭達雅去，那裡有蔚藍的黃金海岸

世界盡頭的新奇享受

新奇泰國之旅——芭達雅，夢幻般的陽光海岸，熱情迎接世界各國游客。
“東方夏威夷”，三公裡白色沙灘，徜徉港灣，探訪水晶島。
南芭達雅，夜色越深越迷人。東南亞最大舞廳成爲縱橫自我的舞台。
便捷交通、國際式生活服務，特色泰菜，獨特香料，讓人留連忘返。

TOURISM AUTHORITY OF THAILAND
泰國觀光局

amazing THAILAND
Unseen Treasures
新奇泰國 媚力無限

莫紫荆、秦丹、李鹏

第三节 受众与广告色彩的审美

我们知道，广告受众的审美情趣并不都是一样的，他们对色彩的偏好也就各不相同，我们应该了解广告受众各自是凭着什么作出自己的色彩审美判断的。英国实验心理学家C.W.瓦伦丁对受众的色彩感觉和接受程度以及审美评判的研究，把受众分成四种类型：一是客观型受众，这是一种有理智与批评的态度类型，持这种态度的人对色彩不带情绪性的判断，他们在色彩审美的评价上似乎有某些固定标准，并很少表现出对某种色彩有明显的偏爱。第二是心理型受众，这类人重视色彩对自己的心理影响，对色彩的冷暖刺激和镇静特别敏感，并喜爱色彩所带来的这种心理效果，因而常表现出对红色和绿色有持久的偏爱。从激发情感的角度讲，这类人比客观型者更能欣赏色彩，但他们的判断仍以该颜色对自身的心理效果作为出发点，在色彩审美上便受到局限了。第三是联想型受众，这是一种受众中最常见的理解形式，即一种色彩所引起的愉悦感是由该颜色促使观看者联想到事物所决定的，联想发生变化，判断也跟着变化，联想型色彩审美者女性多于男性。不少实验心理研究美学的人都重视联想的审美价值，并认为这种价值取决于个人所能达到的色彩印象与联想内容之间的融合程度。第四是性格型受众，这类人常赋予色彩某种性格，赋予某种人格化的象征。他们常这样来欣赏色彩，某些色彩招人喜爱，是因为它们活泼、勇敢、富有活力、温馨而富于同情心，而另外一些色彩使人不快是由于它们顽固、危险、具有攻击性等等。可见，性格型色彩审美者对色彩的态度倾向移情，与客观型大异其趣；与联想型表面上相似，但实质是一种转向抽象的联想；与心理型相似，但更为广泛而不纯粹以自身的机体效应作判断。一些学者认为，这些审美的类型可以构成一个层次阶梯：心理型是色彩审美的初级阶段；联想型第二；客观型虽然将注意力提升到色彩本身及特征上，但过于批评型的态度成了审美直觉的障碍，无法接近色彩美的最高价值；性格型是审美的最高层次，因为它超越了自身的机能性响应，又将联想综合进了精神文化的领域，而又保持了直觉的敏锐。以上四种类型的受众的职业、性别、年龄都是不一样的。客观型一般是在青少年和文化不太高的人群之中；而心理型的受众，通常又是在白领一类的人群之中，当然这一类型的受众年龄跨度就比较大了；前面说到联想型的受众女性为多，一般这类受众的文化层次就比较高；而性格型的受众的文化知识最高，这类受众已经把色彩的象征习惯牢牢地印在内心。在广告色彩设计中，能够把握以上四种受众审美形态的内涵，通过调查获得受众的类型，并根据广告自身主题内容附加色彩的审美意境，就能比较容易地使广告受众在观阅广告时进入到广告的内容之中，达到广告的传播效果。

莫紫荆、秦丹

莫紫荆、秦丹

莫紫荆、秦丹

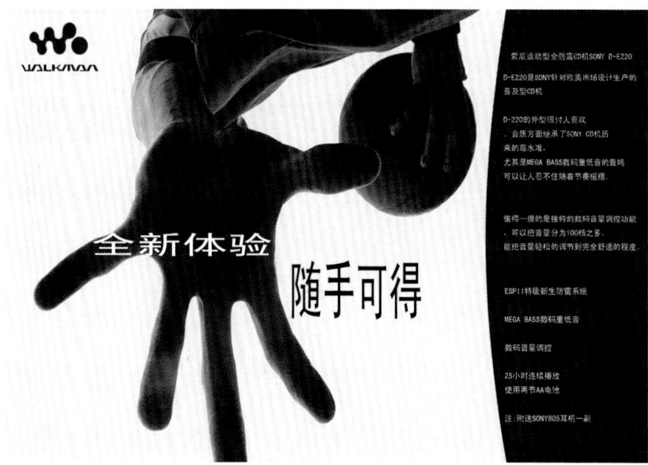

赵筱婕

赵筱婕

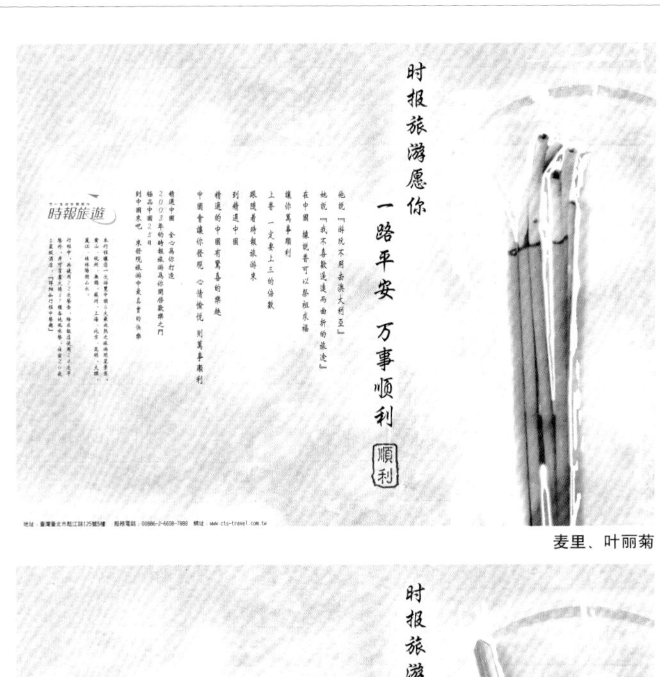

麦里、叶丽菊

麦里、叶丽菊

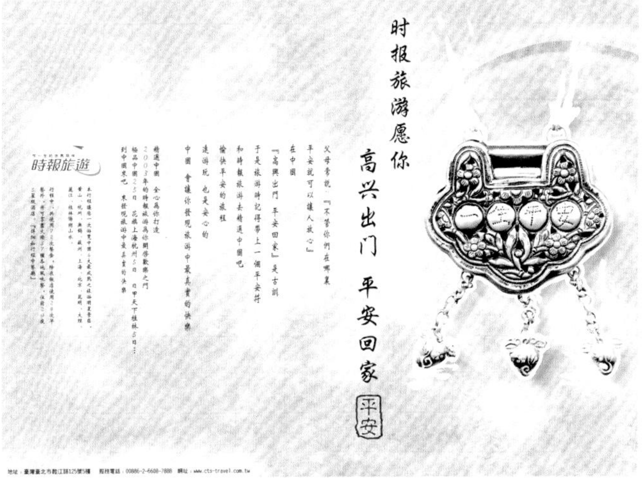

麦里、叶丽菊

左上三幅房地产广告的色彩鲜艳夺目，具有很好的视觉冲击力，色彩所传达的信息又具有年轻时尚的特点。而右三幅广告采用灰色画面设计，是想传达一种文化的理念。

Some
are
DOUBLEMINT
12345678910111213
1415161718192021
2223242526272829303 1
12345678910111213 14
1516171819202 1 222324
252627282930
To be
a good girl
WRIGLEY'S
DOUBLEMINT
CHEWING GUM
Success is a lid that covers failures of the past
and it is reserved for those
who tried till the very last one who never
tries shallnever fail for sure his slate
of effort is empty
3
I Love Doublemint

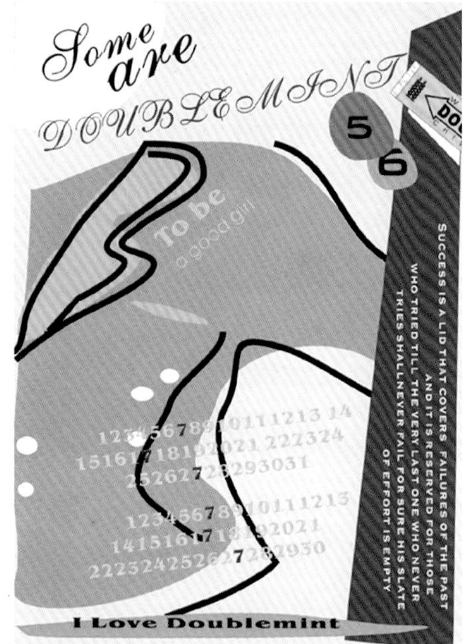
Some
are
DOUBLEMINT
5
6
To be
a good girl
SUCCESS IS A LID THAT COVERS FAILURES OF THE PAST
AND IT IS RESERVED FOR THOSE
WHO TRIED TILL THE VERY LAST ONE WHO NEVER
TRIES SHALLNEVER FAIL FOR SURE HIS SLATE
OF EFFORT IS EMPTY
I Love Doublemint

I Love Doublemint
123456789101112
13 1415161718 19
202122232425 26
2728293031
Some
are
DOUBLEMINT
123456789101112
1314151617181920 21 2223
24252627282930
To be
a good girl
DOUBLEMINT
11
12
Success is a lid that covers failures of the past
and it is reserved for those
who tried till the very last one
who never tries shall never
fail for sure his slate
of effort is empty

WRIGLEY'S
DOUBLEMINT
CHEWING GUM
Success is a lid that covers failures of the past
and it is reserved for those
who tried till the very last one who never
tries shallnever fail for sure his slate
of effort is empty
12345678910111213 14
1516171819202 1 222324
25262728293031
To be
12345678910111213
1415161718192021
222324252627
28293031
7
8
SOME
ARE
DOUBLEMINT

Some
are
DOUBLEMINT
DOUBLEMINT
I Love Doublemint
To be
a good girl
1
2
Success is a lid that covers failures of the past
and it is reserved for those
who tried till the very last one who never
tries shallnever fail for sure his slate
of effort is empty

陈泉

Up2U

无论何时何地我只想看着自己

江素娟

温柔、沙哑
耳边低沉的呢喃
绸缎、蕾丝
飘动霓裳的芬芳
柔情与帅气，却也相融
以天为证，名表为盟
玫瑰深处的坚定
正如宝路华蓝宝石水晶表面
坚定如磐

韦梦琦

Up2U

无论何时何地我只想看着自己

江素娟

是前生投下的缘分
还是今世注定的爱恋
我宁愿用一生的时间
换取你永恒的爱意
宁静的寂寞中
倾听那丝丝微跳的秒针
坚定我寻找你的决心
正如腕上的宝路华
任由岁月飞逝魅力常青

韦梦琦

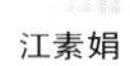

江素娟

黄宵亮

谢东雪

黄涛、甘莹、陆其蓉、弛扬恺

黄涛、甘莹、陆其蓉、弛扬恺

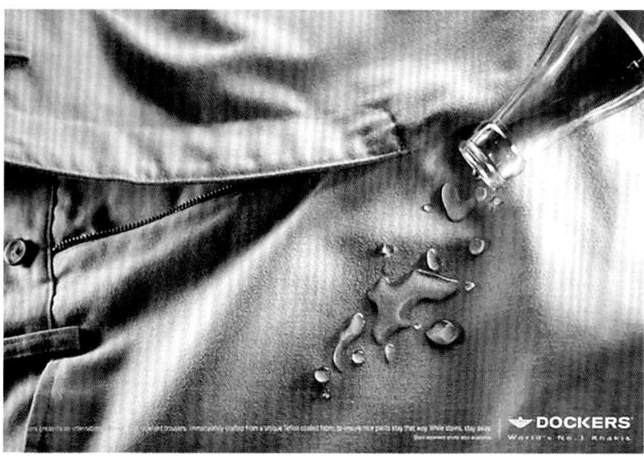
DOCKERS
World's No.1 Khakis

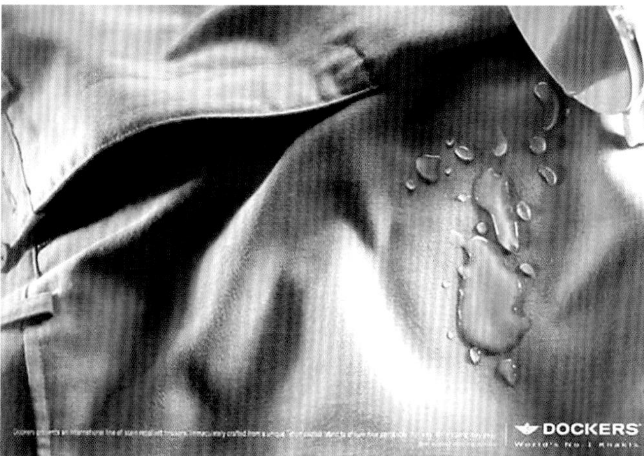
DOCKERS
World's No.1 Khakis

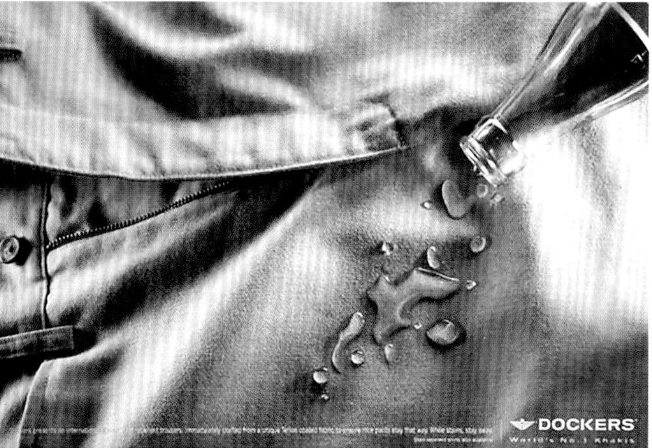
DOCKERS
World's No.1 Khakis

Before
After

GIVENCHY
ORGANZA
INDÉCENCE

...motor, gourmet, selección, casa, escaparate, viajes, vida
ideas
belleza | nuevos peinados
La temporada marca cierta anarquía en los cortes y tendencia a las medidas largas. El estilo se crea con cortes precisos que aprovechan la naturaleza de cada cabello potenciando una imagen llena de personalidad
FOTOS DE Xavier Lanau
TEXTO DE Isabel Juncosa

02 广告色彩设计的研究

第一节　广告色彩设计的研究内容

要了解广告色彩设计，我们应首先了解广告的含义。广告早已不是我们以前所说的广而告之的概念，广告是针对目标受众的定向信息传播手段，广告是有针对性的，广告也应该是有效的。也就是说广告通过广告的讯息影响广告的目标受众，让他们从注意广告到接受广告，并引起好感而产生购买行动。因此广告在市场中所肩负的责任是重大的，广告起着沟通生产与消费的作用，广告设计师要从多个方面去研究怎样才使广告最有效地传递信息并达到广告目的。在此我们只探讨色彩在广告设计中需要考虑的问题。概括地说来，主要有以下这些方面：一、要引起消费者的注意，而引起注意的元素有图形、色彩、文字等。我们必须全面考虑、精心设计每一元素。如果广告不能引起人们注意就一定会失败。如前所述，色彩是否吸引注意的意义十分重要。二、讯息传递因素。什么样的讯息需要什么样的色彩，而许多色彩本身就载有某种信息，这是广告色彩研究的重要问题，表明了色彩能否恰当表现广告讯息，能否使受众认识和感受广告讯息，色彩则在传达的过程中起着非常重要的作用。三、还要考虑产品、企业、品牌等因素，广告色彩有时还应该让受众初步领悟广告要传达什么产品的讯息。

黄钟英

黄钟英

崔向上

崔向上

除以上需要研究的问题之外，广告色彩设计还要从以下角度去思考：物理学——对光、物体和色的研究。光引起色的变化；色彩的种类及色相、明度、纯度三属性；色彩的孟赛尔、奥斯特瓦德、日本色彩等体系；加、减色及中性混合法，以及它们在广告设计中的运用等等。生理学——视觉、环境对人生理的影响。研究人眼的构造、视觉过程、年龄引起的变化；人眼的视界与色域、视角对比现象、残像与人生理关系。广告色彩设计时应该利用或避免的人的生理方面的问题。心理学——人赋予色彩以情感，而广告色彩的艺术感染力、吸引力给人不同的精神享受，不同的色彩、不同的色彩组合有不同的心理效应，产生不同的想像、联想，产生不同的心理效果，同样也会产生不同的广告效果。社会学——社会群体中的生活习惯以及政治、经济、文化、民族的不同而对色彩的理解、喜好不同。市场学——广告设计，其目的是为了打动消费者购买广告所介绍的产品，而在进行广告色彩设计的时候，同样要考虑消费者的色彩喜好以及色彩能否带给消费者认同感。美学——广告色彩设计必须考虑的重要因素。广告设计者必须进行系统的色彩感觉训练，提高色彩审美经验，掌握色彩的表现力。

现在我们把广告色彩所涉及的学科以及需要研究的内容列出来，读者可以比较一下。

广告色彩设计所涉及的各个学科		
物理学	光学 物体 物体色 反射光	对光和色的研究。光引起色的变化， 色彩的种类及色相、明度、纯度三属性， 色彩的孟赛尔、奥斯特瓦德、日本色彩等体系， 加、减色及中性混合法
生理学	视觉器官 环境	研究人眼的构造、视觉过程、年龄引起的变化， 人眼的视界与色域、视角对比现象、 残像与人生理关系
心理学	感觉 知觉 情绪 联想	人赋予色彩以情感， 而色彩的艺术感染力、吸引力给人不同的精神享受， 不同的色彩、不同的色彩组合有不同的心理效应， 产生不同的想像、联想，产生不同的心理效果
社会学		社会群体， 政治、经济、文化、民族， 流行趋势的规律、预测与应用研究
市场学		市场对色彩的反映， 色彩能否带给消费者的认同感
美学		设计表现、色彩感觉训练、色彩构成训练， 色彩的感情、象征及联想

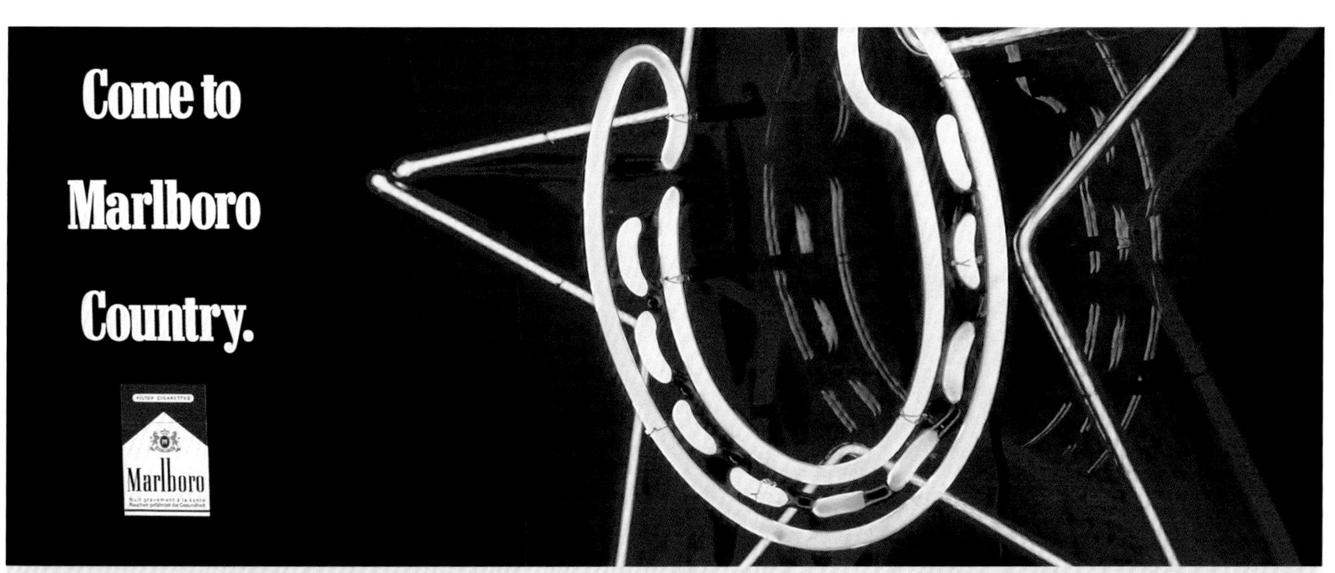

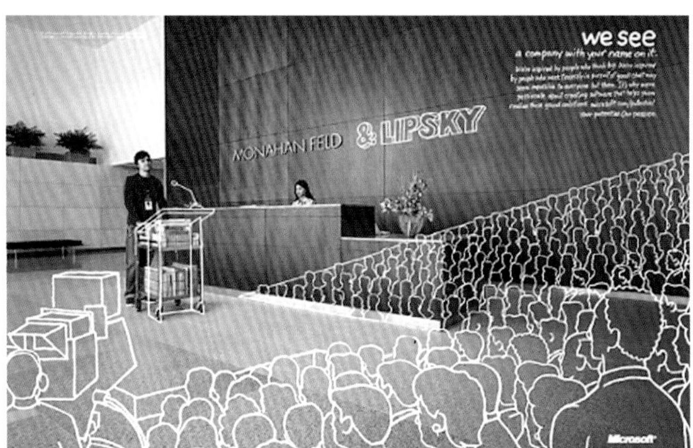

微软公司所做的这一系列广告的色彩运用了自然生活的色彩面貌，给人的心理以很强的亲和力，再配上富有想像力的插图，自然而又新颖，令人浮想联翩。

Lift
Minceur
2000

Máxima eficacia frente
al acolchado.

Afinar la silueta, combatir el acolchado, reafirmar y tersar la piel, hoy Clarins lo hace posible con Lift Minceur 2000, el producto remodelante del futuro. Lift Minceur 2000 es el primer producto con una acción en la proteína G -clave del adelgazamiento- gracias al Cangzhu, una planta milenaria originaria de China. Este componente permite acelerar y ampliar el proceso del remodelado. A partir de las primeras utilizaciones atenúa el acolchado y estiliza la silueta. Muy rápidamente recobrará una piel firme, un cuerpo estilizado y la silueta con la que siempre ha soñado.

Probado dermatológicamente. Hipoalérgico. No se realizó ningún test en animales.
www.clarins-paris.com

Clarins, al servicio de la belleza.

NUEVO

Su regalo:
un exfoliante
de 75 ml*

*por la compra de Lift Minceur 2000 sujeto a existencias

CLARINS
PARIS

Línea Douceur
Clarins.

Calma las pieles sensibles
y realza su belleza.

Una piel sensible reacciona ante la menor agresión... y sentir la piel irritada es notarla envejecer más rápidamente. La línea Douceur Clarins se renueva para proporcionar aún más suavidad a su piel: calma, hidrata, reequilibra y fortalece.
Además, la línea Douceur cuenta hoy con dos nuevos productos: un fluido para el día y una mascarilla.
Redescubrirá una piel tersa, suave y una incomparable sensación de bienestar.
Su piel podrá por fin mostrar toda su belleza.

Clarins, al servicio de la belleza.

Probados dermatológicamente. Hipoalérgicos. No comedógenos.
No se realizó ningún test en animales.
Incluyen el complejo anticontaminación ambiental exclusivo de Clarins.

www.clarins-paris.com

Las pieles más bonitas
son a menudo
las más sensibles.

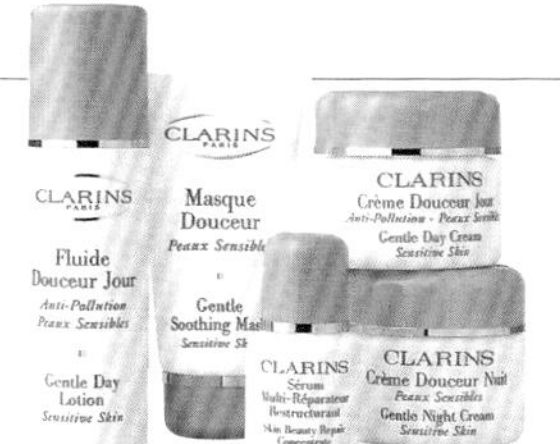

CLARINS
PARIS

汽车不应该成为生活中的负担，可我们每天却因为爱车的保全、超速行驶、交通事故等诸多方面伤神不已。TOBE 正是解决这种汽车精神衰弱症的最好良药，由 TOBE 提供的防盗保全、超速提醒、拖吊告知、冲撞通报、及时救援五大服务，尽可能的免除你因爱车而遇上的麻烦事，让 NISSAN 车主，有更多的时间去享用休闲、欢乐的时光。

TOOBE
丰富您的生活 Enrich your life

SHIFT_the future

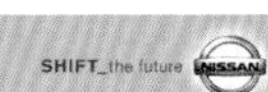
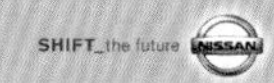

农聪玲、崔向上

城市、工作不是生活的全部解释，NISSAN 车载 TOBE 系统提供随时的 GPS 卫星定位导航服务，让你的足迹得以摆脱对现有路况的认知，向更广阔的空间延伸。TOBE 系统同时储存着各地吃、住、买、玩、地方特色景点介绍的海量信息，并具有实时提醒功能，为 NISSAN 车主的驾车出行生活提供更多选择。

TOOBE
丰富您的生活 Enrich your life

SHIFT_the future

农聪玲、崔向上

第二节　广告色彩设计的研究重点

关于色彩的物理学方面的内容主要是，可见光的原理以及光谱的范围、光作用于物体反射到人眼所产生的色彩视觉原理、色彩体系、色彩的混合等等，我们就不在本书中进行详细描述，读者可以阅读相关色彩学方面的书籍，并进行一些必要的训练，从而把色彩物理学方面的知识运用在广告色彩设计之中。

广告色彩设计在运用色彩生理学和心理学方面得当与否是广告成败的核心内容，尤其是色彩心理学的运用更为重要。色彩的直接心理效应来自色彩的物理光刺激对人的生理发生的直接影响。心理学家对此曾做过许多实验，他们发现，在红色环境中，人的脉搏会加快，血压有所升高，情绪兴奋冲动；而处在蓝色环境中，脉搏会减缓，情绪也较沉静。有的科学家发现，颜色能影响脑电波，脑电波对红色反应是警觉，对蓝色的反应是放松。自19世纪中叶以后，心理学已从哲学转入科学的范畴，心理学家注重实验所验证的色彩心理的效果。不少色彩理论中都对此作过专门的介绍，这些经验向我们明确地肯定了色彩对人心理的影响。广告色彩心理的研究包括知觉、想像、联想、情绪、情感等等，因为人在生活中对色彩已经有了一定的习惯认知，并对色彩的象征性和情感的习惯思维有了一定的了解，这种了解是随着年龄的增长而增长的。因此，面对广告的受众，我们必须利用受众对色彩的情感以及联想，另外就是运用色彩所固有的象征意义，并创造性地进行色彩设计，使广告受众能够真正喜欢广告信息，并对广告的产品产生好感以达到促销的目的。

陈泉、曾燕、王英才

陈泉、曾燕、王英才

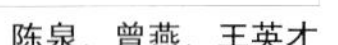
陈泉、曾燕、王英才

Up2U 秋冬季的美丽新旋色如期绽放！又一个绽放美的**多彩**季节！一个为你专设的季节

胡钟文

闪亮这就接通
Up2u秋冬新彩妆上市

Up2U 秋冬季的美丽新旋色如期闪亮登场！又一个绽放美的**闪亮**季节！一个为你专设的季节

胡钟文

Up2U 秋冬季的美丽新旋色光芒如期登场！又一个**绽放你美丽光芒**的季节！一个为你专设的季节

胡钟文

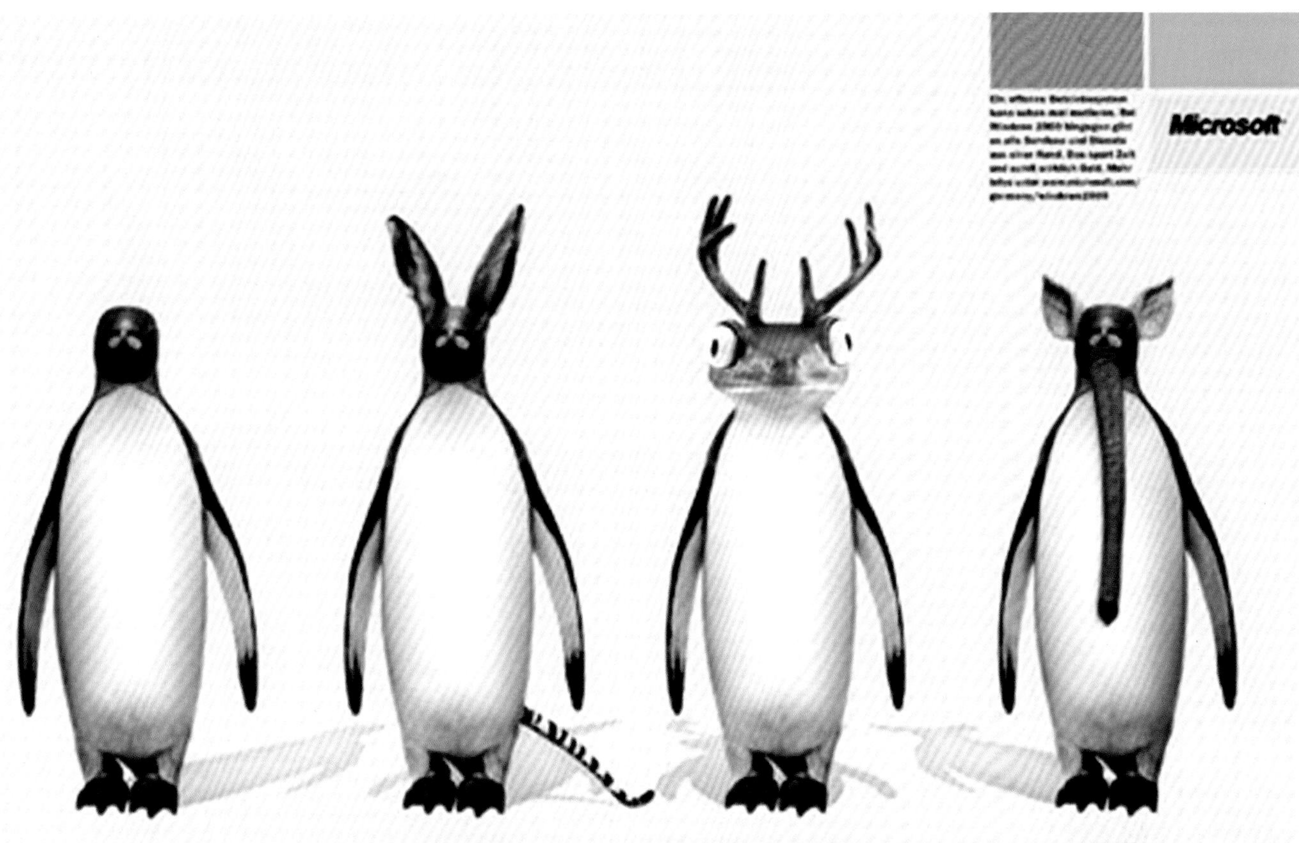
Microsoft
ein offenes betriebssystem hat nicht nur vorteile

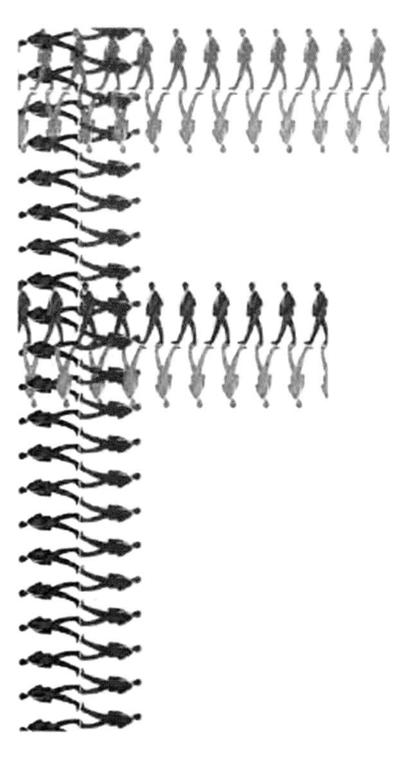
福田繁雄の人間星讃歌

NIIGATA CITY CIVIC CENTER

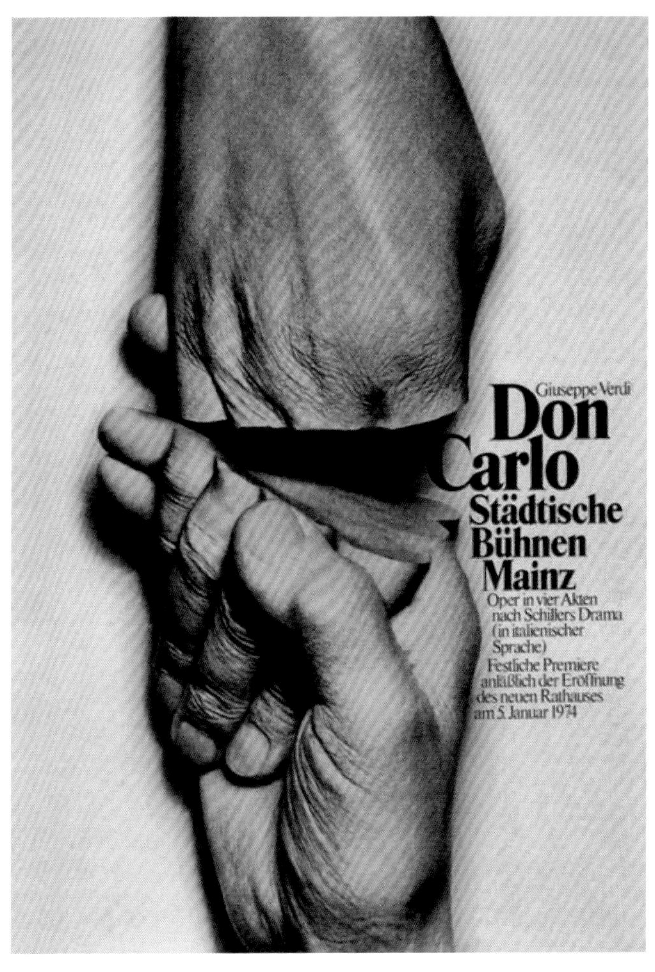
Giuseppe Verdi
Don Carlo
Städtische Bühnen Mainz
Oper in vier Akten nach Schillers Drama (in italienischer Sprache)
Festliche Premiere anläßlich der Eröffnung des neuen Rathauses am 5. Januar 1974

03 广告色彩设计与色彩的感知觉

通常，我们看见广告作品就已经对其有了感知。色彩是与人的感觉（外界的刺激）和人的知觉（记忆、联想、对比……）联系在一起的。色彩感觉总是存在于色彩知觉之中，很少有孤立的色彩感觉存在。人的色彩感觉信息传输途径是光源、物体、眼睛和大脑，也就是人们色彩感觉形成的四大要素。这四个要素不仅使人产生色彩感觉，而且也是人能正确判断色彩的条件。在这四个要素中，如果有一个不确实或者在观察中有变化，就不能正确地判断颜色及颜色产生的效果。研究表明，在人的意识里，没有哪种感觉是孤立存在的，我们意识到的每种感觉总是与其他共存的感觉联系在一起的，因为人是一个完整的系统，各种感官全方位地从环境中获得信息。只有各种感官全方位地协同发挥作用，人才能与环境协调共存。色彩因为有了光和色彩本身的色相、明度、纯度、冷暖、进退等物理感觉与心理感觉上不同的对比，我们才可以感觉色彩，而广告也是在以上色彩要素得到很好的设计的时候，才能在感觉上给人带来生理或心理的快感。色彩的三要素色相、明度、纯度之间的关系是相互联系的，一般来说，它们在广告的画面中是相互依存的，但也有不同的情况，在此，我们就这些色彩要素逐一分析，以便我们能够更好地理解。

第一节　广告色彩的直接感知

广告色彩的直接感知是指当人们看见色彩以后，直接感受出来的色彩的本来面貌，色彩学上称之为色彩的三要素，就是直接作用于人视觉的色彩固有的本质面貌与样式。

一、色彩中的色相与广告

色相是色彩的基本属性，也就是色彩的面貌，在色彩理论中的色相环上我们可以看到三原色为支柱展开的色相的全面面貌。黑与白以及中间过渡的灰也是一种色，为无彩色。在设计中我们通过同类色或补色或黑、白等色的运用，使设计作品产生形式美的效果。而在广告设计中，色相却是广告所要传递信息的载体之一，经过（VI）设计的色相可以代表一定的企业形象或产品的色彩面貌，如可口可乐的红色。不同的色相搭配会出现不同的形象面貌，通常在进行企业形象色彩设计及产品色彩设计的时候，大多数是采用色相搭配的方式进行的，这是因为有明确色相的色彩其象征意义非常明确，如百事可乐的红色与蓝色，柯达的黄、红色等等。

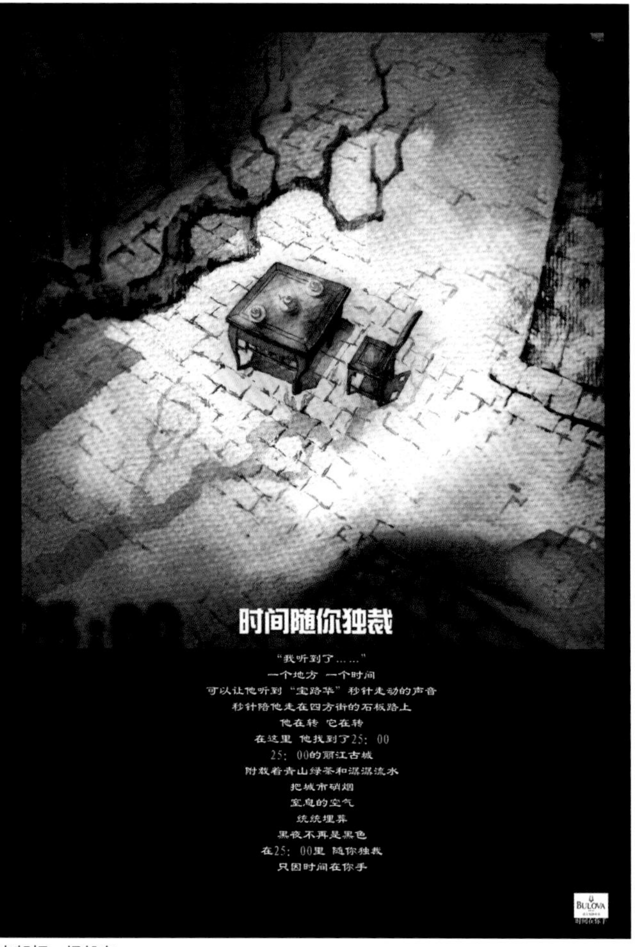

李朝枢、杨毅东

李朝枢、杨毅东

色相搭配一般在色彩学中称之为色相对比，这种对比可以产生很强的视觉效果，吸引受众观看或阅读广告。色相对比通常有同类色对比、邻近色对比、补色对比等等。在设计广告的时候，当主色调确定以后就必须考虑色相的搭配与对比，以使广告的画面产生强烈的吸引力。

广告色彩的色相对比还可在信息传递，产生情感、美感等方面使人感受色彩的魅力，也就是说，色彩本身具有很强的感染力，而通过精心的色相对比设计以后，就具有更强、更美的感染力。

二、色彩中的明度与广告

明度是使我们区分出明暗层次的无彩色觉的视觉属性，一般是黑与白以及中间的灰的表现。色彩的明度是因为自身的反射光的程度所呈现在我们视觉中的。还有一种情况就是，光线的亮、暗也会使我们在视觉上产生明或暗的感觉。在广告色彩中，明暗的处理最主要的就是营造一种广告意境，使受众进入广告设计所营造的氛围，使受众感受广告的内容。明暗关系的处理是最容易使广告画面产生意境的，并且也能传达广告的主题信息。明暗关系在艺术作品或摄影作品中有高调、中调和低调之分，在广告中同样存在这种现象，通过调的表现，我们可以感受到一种意境已存在其中，如高调（高明度）广告作品可以表达轻松、舒适、高雅等意境，而低调广告作品则可以表达沉稳、分量、有力的意境。另外，科学研究发现，我们眼睛的明暗层次感随着光线的变暗而急剧地变得迟钝起来，当光线暗时，我们的眼睛就不太能分清画面中明暗的层次了，而当强光刺激的时候，眼睛对画面明暗也会变得迟钝。我们在进行户外广告色彩设计的时候，就应该考虑广告是在什么环境中发布，特别是在设计车体广告和路牌广告的色彩时，必须使人能够在白天和在夜晚的灯光下都能比较清楚地看到广告。

三、色彩的纯度与广告

纯度，也称之为饱和度，是色相的鲜艳程度，是我们在观看色彩时的视觉感受。色彩理论中把色彩分为有彩色系与无彩色系，有彩色系的色彩具有色相、明度和纯度三要素，而无彩色为黑与白以及在其间的无数种灰色，它们只有明度。所以纯度只是有彩色系中才有的。绘画中有“深、浅、浓、淡之中显真情”的说法，此法运用在广告设计之中也非常合适。广告色彩的纯度经过对比设计，同样可以传递一定的信息。我们知道色彩的纯度越高就越能表现出一种肯定与果断，而纯度越低的色彩就越有一种柔和与不确定的因素。通过色彩的纯度对比，广告除了可以传达一定的广告信息以外，还可以制造一定的意境，如在灰色状况下，有彩色的纯度等于零，但只要加入一点有彩色，不管什么颜色，都会产生如雾里看花般的似隐似现的意境。另外，生理学的研究告诉我们，人的眼睛对色彩的纯度感觉是不一样的，眼睛对红色的光刺激强烈，感觉纯度高，对绿色的光刺激最弱，纯度感觉低。我们可以利用人们对色彩纯度的感觉，进行广告色彩的设计，以使色彩达到引人注意的效果。

陆其蓉、梁寒

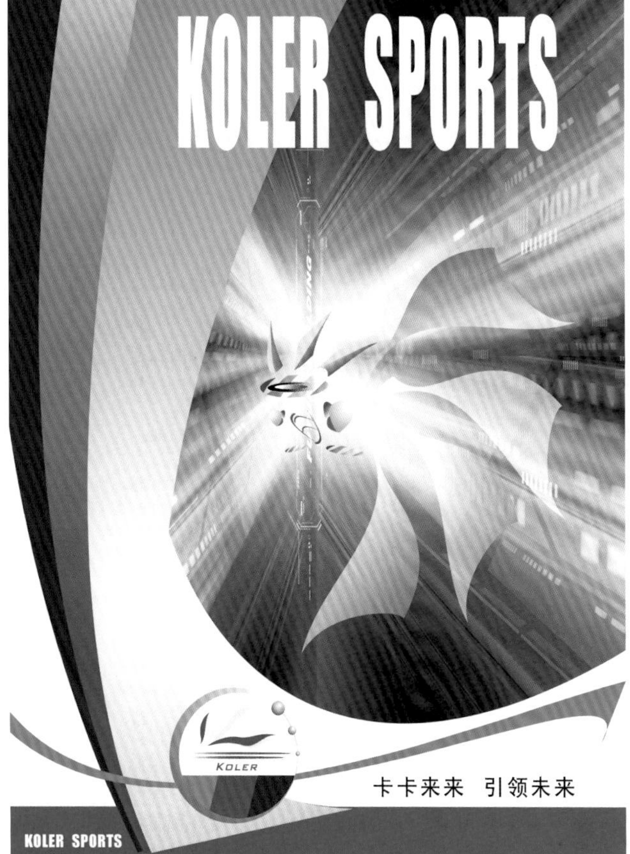

甘毅

第二节　色彩的各种心理感知及在广告中的运用

一、色彩的冷暖在广告中的运用

受众在观看广告的时候，广告中鲜明的色调已经给了人们冷暖的感觉。色彩本无冷暖，色彩的冷暖实际上是一种心理的感觉，属于色彩心理学范畴，从另外的意义来说这也是一种错觉。如看到蓝色或蓝白结合的色彩会有冬天雪景的感觉，看见黄、红色，就好像产生了暖烘烘的感觉，这就是色彩的冷暖。广告中的色彩冷暖一般都是十分明确的，这是因为：1.广告的产品本身对色彩的要求就非常明确，如食品一般都使用暖色系列，高科技产品一般都使用冷色系列。2.广告的画面要与周围的环境区分出来，整个画面只能使用相对单一的或冷或暖的色彩，该色彩要与环境相对立，这样广告画面才能突显出来。如环境为冷色，广告画面就使用暖色，而环境为暖色，广告用色则相反。如此的目的就是为了引起注意。3.色彩也根据广告的主题进行设计，广告主题又包含了热烈、冷酷、温馨等内容。

色彩的冷暖感是和色相直接关联的，一般暖色系列如红、黄、橙等色彩出现于火焰、火炭、烧红的铁等高温度的物体之中，而许多与寒冷、低温相关的事物都呈现蓝、绿色等，例如寒冷的深潭、林海雪原、雪山等。因此，人们的视觉经验才有了冷暖之感，这种经验其实是来自于人们的联想。而“冷暖”对广告色彩设计却尤为重要，设计师需学会调动人们的感觉经验，运用广告的色彩设计中冷暖色调把受众的感觉带入一种境界，使人对广告产品产生好感。如空调广告，画面中营造出凉爽的空间，在夏日炎炎中，该广告使人产生拥有凉爽空间的欲望。

二、色彩的空间感觉在广告中的运用

广告画面的空间感一是靠图形形象的透视，另外就是靠色彩而产生。色彩比形象抽象，但色彩感觉是依附于某种形体与空间形式之上的，色彩的空间感也是一种心理感觉中的错觉。色彩的空间感有两个方面，一是色彩的扩张与收缩感觉，一般浅色、亮色和暖色有扩张的感觉，而暗色、冷色就有收缩的感觉。另一个是色彩的进退感觉，一般互补色（对立色）具有较强的色彩进退感，如红和绿就会感觉红进绿退，还有黄进紫退、白进黑退等等，另外亮暗色、高纯度与低纯度、有彩色和无彩色、暖色和冷色之间则前者进后者退。在多项媒体的广告设计中可以运用这些空间的感觉，如招贴、报纸、路牌等广告的环境比较差时，利用色彩的进退感能够让广告突显出来。我们需要利用色彩的空间感觉来加强广告的注目率，使广告能够在感觉上逼近受众。

崔向上、农聪玲

崔向上、农聪玲

胡钟文、陈金铭、祝毅

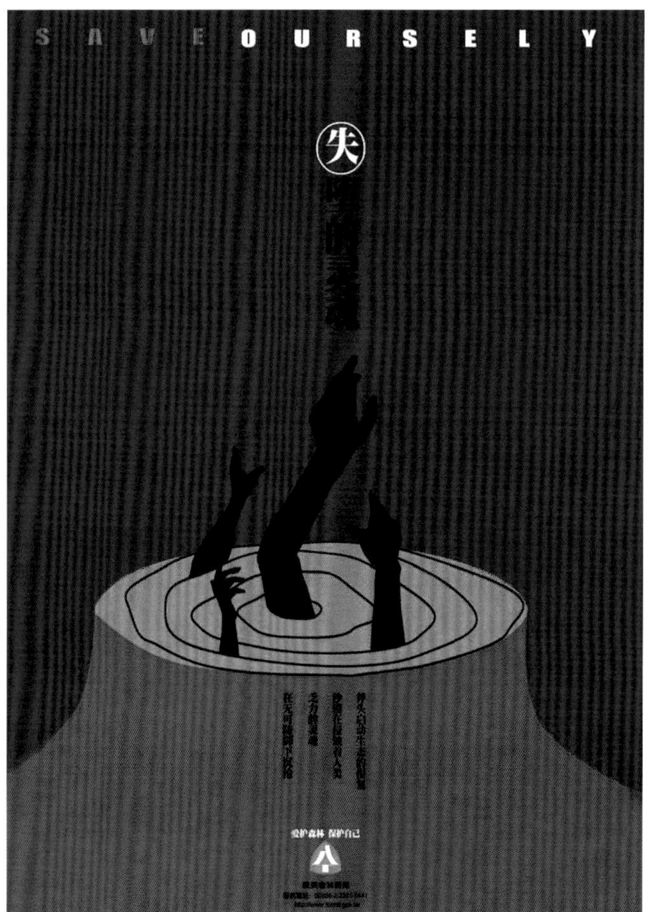

胡钟文、陈金铭、祝毅

三、色彩的视觉残像在广告中的运用

视觉残像是人们在观看色彩后留在眼内的短暂视觉映像。从生理学角度讲，物体对视觉的刺激作用突然停止后，人的视觉感应并非立刻全都消失，而是该物的映像仍然暂时存留，这种现象也称作“视觉残像”。视觉残像又分为正残像和负残像两类。视觉残像形成的原因是眼睛连续注视的结果，是因为神经兴奋所留下的痕迹而引发的。所谓正残像，是连续对比中的一种色觉现象。它是指在停止物体的视觉刺激后，视觉仍然暂时保留原有物色映像的状态，也是神经兴奋有余的产物。所谓负残像，是连续对比的又一种色觉现象。指在停止物体的视觉刺激后，视觉依旧暂时保留与原有物色成补色映像的视觉状态。通常，负残像的反应强度同凝视物色的时间长短有关，即持续观看时间越长，负残像的转换效果越鲜明。例如，当久视红色后，视觉迅速移向白色时，看到的并非白色而是红色的补色——绿色；如久观红色后，再转向绿色时，则会觉得绿色更绿；而凝视红色后，再移视橙色时，则会感到该色呈暗。据国外科学研究成果报告，这些现象都是因为视网膜上锥体细胞的变化而造成的。如当我们持续凝视红色后，把眼睛移向白纸，这时由于红色感光蛋白质长久兴奋引起疲劳转入抑制状态，而此时处于兴奋状态的绿色感光蛋白质就会“趁虚而入”，故此，通过生理的自动调节作用，白色就会呈现绿色的映像。除色相外，科学家证明色彩的明度也有负残像现象，如白色的负残像是黑色，而黑色的负残像则为白色等。

利用眼睛的这个特点，在设计户外大型喷绘广告时，可以采用大对比颜色，以期给观众留下深刻印象，如公路旁边的路牌广告或建筑广告等。

四、色彩的轻重感觉在广告中的运用

这也是色彩给人的一种心理感觉，这种感觉来自于生活。淡色的物体感觉轻，如棉花、花瓣、枯草等，重色的物体如铁、煤炭等，这些轻重感与明度有关，长期以来就在人们的心理中形成了明亮色轻、灰暗色重的感觉经验。在进行广告设计的时候运用色彩的轻重，配合广告主题进行处理就可达到良好的效果，如设计男性使用的产品广告时就可使用重色，而女性产品广告使用轻色。另外，还可以把原有物体的轻重感觉加以转换，而使色彩的轻重感成为广告创意的素材。

梁桂林

五、色彩的其他感觉在广告中的运用

色彩除了视觉的感觉外，还会产生听觉、味觉等作用。进行广告的色彩设计时综合考虑这些因素，可以取得事半功倍的效果。

1.色彩的听觉：看色彩能够感受到音乐的效果。这是由于色彩的明度、纯度、色相等的对比所引起的一种心理感应现象。通过色彩的搭配组合，使色彩的明度、纯度、色相产生节奏和韵律，同样能给人有声之感。一般明度越高的色彩，感觉其音阶越高，而明度很低的色彩有重低音的感觉。在色相上，黄色代表快乐之音，橙色代表欢畅之音，红色代表热情之音，绿色代表闲情之音，蓝色代表哀伤之音。有时我们借助于音乐的创作来进行广告色彩的设计，在广告色彩设计时运用音乐的情感因素进行色彩搭配，就可使广告画面的情绪得以渲染而达到良好的记忆留存目的。所以，色彩的听觉在我们设计广告色彩之时是可以参考运用的。

2.色彩的味觉与嗅觉：使色彩产生味觉的，主要在于色相上的差异，往往因食物的颜色刺激，而产生味觉上的联想。色彩与味、嗅觉的联系在食品、饮料、化妆品和日用化工产品的产品广告色彩设计上具有十分重要的意义。按味觉和嗅觉印象可把色彩分成各种类型。能激发食欲的色彩源于美味食物的外表印象，例如刚出炉的面包、烘焙谷物与豆类、烤肉；熟透的红葡萄、黑莓等。所以橙黄色、酱肉色、暖棕色、紫红色都是这类色彩，食用色素大多属这类色彩。芳香色，“芬芳的色彩”常常出现在赞美性之辞里，这类形容来自人们对植物嫩叶与花果的情感，也来自人们对这种自然美的借鉴，尤其女性的服饰与自身修饰。最具芳香感的色彩是浅黄、浅绿色，其次是高明度的蓝紫色，因此，这些色彩在香水包装、化妆品与美容、护肤、护发用品的广告设计上经常被采用。芳香色大多是女性化的色彩。浓味色，调味品、配送食品、咖啡、巧克力、白兰地、葡萄酒、红茶、香烟等，这些气味浓烈的东西在色彩上也较深浓，暗褐色、暗紫色、茶青色等便属于这类使人感到味道浓烈的色彩。下面把色彩的其他味觉列出，以便在设计时参考。

(1)酸：黄绿、绿、青绿，主要来自未熟果实之联想。

(2)甜：暖色之洋红、橙、黄橙、黄等较具甜味，主要来自成熟果实的联想。加白色后甜味转淡。

(3)苦：黑褐、黑、深灰等色，苦的印象来自烧焦的食物与浓黑的中药。

(4)辣：红、深红为主色，搭配黄绿、青绿可现辣味，主要来自辣椒的刺激。

(5)咸：盐或酱油之味觉，以灰、黑搭配及黑褐色表现。

(6)涩：以加灰和绿为主色，搭配青绿、橄榄绿(黄加黑)来表现。

广告的色彩设计在设计食品、饮料、化妆品、日用品的广告时，如能很好地运用以上色彩的味觉，可把人们带入一种境界，使受众好像真的感受到了广告产品的诱惑。

前面我们已经了解了色彩的三要素与其他感知觉的因素，而在进行广告设计之时需要综合运用以上因素，因为色彩只要出现在人的视觉当中，就有了以上所有的感知觉。那么我们在运用到一个因素时，就要考虑其他因素，例如，我们在设计一个色彩的色相时，它同时就有了明度和纯度，同时也具备了一定的其他感知觉，因此，只有在广告主题的意境下同时考虑其他感知觉因素，色彩才能更准确地表现广告主题。

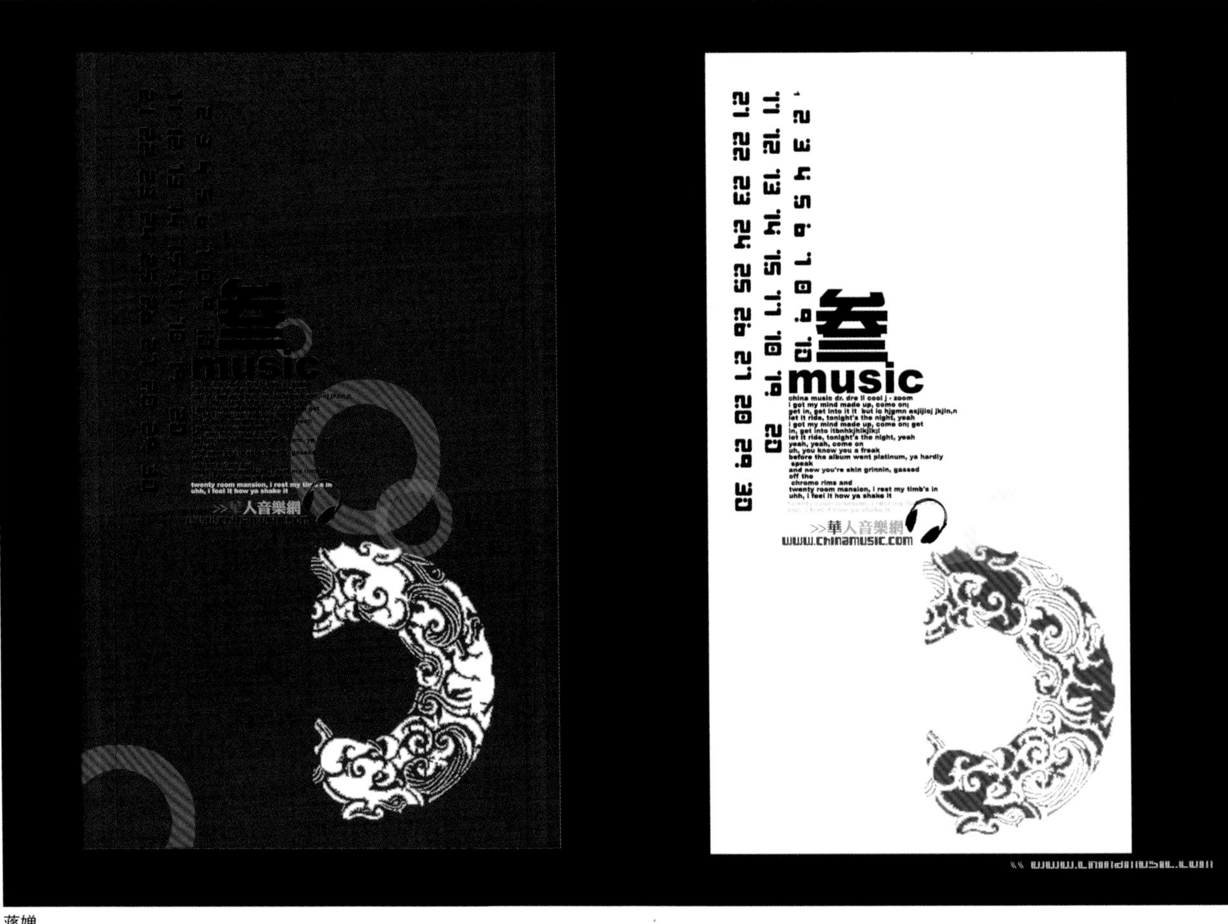

蒋婵

格林热线：5643557

格林 Green life community 主义时尚生活舍区

在格林的生活，
象是在现代的都市
上演童话剧一般的浪漫生活。

格林 Green life community 主义时尚生活舍区

清晨，一阵阵微风带来缕缕清新的空气，为你带来新鲜的活力。

年轻的我们不需要过度宽阔的空间，只要有属于我俩的一片天地。
在住宅的空间设计中，格林更多的关注实用性的划分。
面积的大小界定完全源于二人世界的生活需求，
强调功能的实用性多于夸张的空间感表述。

开发商：罗氏置地　广告代理：南宁市Y³广告责任有限公司　项目地址：南宁市建政南路48号

罗毅艺

格林热线：5643557

格林。Green life community 主义时尚生活舍区

在格林的生活，
象是在现代的都市
上演童话剧一般的浪漫生活。

格林。Green life community 主义时尚生活舍区

傍晚，欣赏着黄昏落日的美景，让你忘记一天的劳累，尽情享受一时间的轻松。。。。。。

年轻的我们不需要过度宽阔的空间，只要有属于我俩的一片天地。

在住宅的空间设计中，格林更多的关注实用性的划分。

面积的大小界定完全源于二人世界的生活需求，

强调功能的实用性多于夸张的空间感表述。

开发商：罗氏置地　广告代理：南宁市Y³广告责任有限公司　项目地址：南宁市建政南路48号

罗毅艺

格林热线：5643557

格林。Green life community 主义时尚生活舍区

在格林的生活，
象是在现代的都市
上演童话剧一般的浪漫生活。

格林。Green life community 主义时尚生活舍区

夜里，和你的另一半互相依偎，享受那宁静的夜空带来的无穷遐想。。。。。。

年轻的我们不需要过度宽阔的空间，只要有属于我俩的一片天地。

在住宅的空间设计中，格林更多的关注实用性的划分。

面积的大小界定完全源于二人世界的生活需求，

强调功能的实用性多于夸张的空间感表述。

开发商：罗氏置地　广告代理：南宁市Y³广告责任有限公司　项目地址：南宁市建政南路48号

罗毅艺

04 广告色彩的感情

广告作品最重要的就是使人产生美好而向往的情感，从而从心动到行动去购买广告的商品。而广告创意最终执行到画面上，要讲究版面和色彩。我们知道广告创意是靠形状（图形）来表现的，而色彩依附于形状之上或作为底色衬托图形，形状可以具有表情，而色彩可以让表情更加强烈。形状和色彩对于设计表情、影响情绪来说，也许表情或情绪更加需要色彩。鲁道夫·阿恩海姆在《艺术与视知觉》中说到形状与色彩时有一段论述："说到表情的作用，色彩却又胜过形状一筹，那落日的余晖以及地中海的碧蓝色彩所传达的表情，恐怕是任何确定的形状也望尘莫及的。"色彩本身是没有灵魂的，它只是一种物理现象，但人们却能感受到色彩的情感，这是因为人们长期生活在一个色彩的世界中，积累着许多视觉经验，一旦知觉经验与外来色彩刺激发生一定的呼应和共鸣时，就会在人的心理上引出某种情绪。这说明在许多情况下色彩可以单独地展示表情。而色彩的表情又是通过色彩本身的象征意义和人们对色彩的各种联想而产生，进而产生美好的情感，并能够促使受众仔细阅读广告并被广告打动。因此，色彩的情感更具美学上的意义。

赵筱婕

第一节　色彩的联想与广告

色彩的联想可以说是无处不在，前面我们所说的色彩三要素以及色彩的各类心理感知都与联想有关。因此，可以这样说，联想是一种非常广泛而又复杂的心理活动，它的广泛性在于人们只要有思维就必然有联想，联想集团的一句广告语说得好“人类失去了联想，还有什么？”。联想的复杂性在于，联想常常会因人、物、环境等等因素的干扰而变得不确定与不统一。研究者常从人们的感觉、经验与联想来理解人的心理复杂性，认为心理影响最初来自感觉经验产生的观念的合成，观念合成的结果又取决于联想，而联想则又来自其两方面积累的感觉经验。经验论者便从联想原理来理解色彩激发情感的能力，这是色彩审美最大众化的，也是最浅近的解释。由色彩产生的联想因人而异，受性别、年龄、阅历、兴趣、性格和情绪的影响。一般说来儿童的色彩联想因其阅历浅，社会接触有限，他们的联想多与身边的具体事物和景物有关。相对而言，成年人联想的范围会随着生活阅历而扩展，甚至会从具体事物发展成抽象的精神文化和社会价值观念领域。许多书籍在有关色彩心理响应的理论中都列举了许多有关色彩联想的调查结果，因社会背景和文化传统上的差异，其结果不尽相同。

英国实验心理学家C.W.瓦伦丁将色彩联想过程分为三种类型：第一种为下意识联想，当某种色彩因具体的联想所引起的情感响应已深深地扎根在意识里时，人们对这一色彩的心理响应已不需要再调动具体联想的记忆，便下意识地激发出某种情感来，似乎色彩对我们的影响已是色彩自身的力量所致。例如当我们看到浅蓝色感到的愉悦之情，已勿需再想到蓝色的晴空了。第二种为一般联想，这是那种我们意识到的但又不依赖于自己的特殊经验的联想，这种联想是大众化的共同的联想，如看到红色想到血液、看到绿色想到植物等。第三种联想为个别联想，这是一种源于个人非常特殊的经历或经验而形成的联想，或是某个局部地区和团体所独有的联想，联想会影响到人对色彩的好恶与偏爱。

在进行广告色彩设计的时候，我们一般都必须考虑以上人们对联想的三种情况：在第一种情况下，图形附带着色彩是可以让人们产生下意识的联想的，因为色彩直接依附在形状上面，在看到形状时也一起看到了色彩，只要形状看起来给人以快感，那么形状上的色彩也就不会使人去联想其他的事物了。还有一种情况就是在图形色彩与背景色彩的搭配时，背景色彩会给人带来联想的空间，这时就需要考虑色彩的图底关系了。第二种联想是我们经常要考虑的，因为这是人们共同的色彩联想，是人类经验中共同的大众化的色彩联想，在广告中可以按需要运用。第三种联想是一种个性的色彩联想，我们在进行广告色彩设计之前一定要进行目标受众的调查，特别是在销往国外的商品，在广告设计时更应该了解该地区人们的色彩习惯，以便有针对性地运用当地人们喜欢的色彩。

人对色彩的好恶感情与许多重要的社会和个人的因素有关。首先，一定的色彩因其用途的不同而会引起不同的反应。比如，即使是一个西方天主教传统讨厌黄色的欧洲人，但他若一时联想到西西里的柠檬，他又会不由自主地喜欢上这个色彩的。其次，社会习俗本身也表现在色彩的选择上，不同的文化传统有不同的色彩偏爱，在服饰方面，关于色彩的年龄适合性及性别适合性都会影响个体对色彩测试的答案。对色彩好恶方面的研究可能给出一幅关于社会文化背景的极有意义的图景。在广告色彩设计时需要灵活地运用色彩在不同情况下给人的联想与感受，通过色彩联想的良好运用，使人们在观看广告时产生美好的情绪而对广告留下美好的记忆。

黄昏美丽的色彩意境使人感受并联想到酒的浑厚美味。

直接使用香醇的色彩感觉使人对酒产生美味的联想。

杨琼

杨琼

Las Autoridades Sanitarias advierten
que el tabaco perjudica seriamente la salud.

秦丹、莫紫荆

así somos
OSBORNE

Reunirse con los que más quieres, compartir, amar, sorprender... La Navidad es una gran ocasión para romper el hielo y Magno brinda por ello. Brindamos por unas Navidades repletas de alegría, afecto, calor y, por qué no, el hielo para tu Magno. **UN POCO DE MAGNO ES MUCHO**

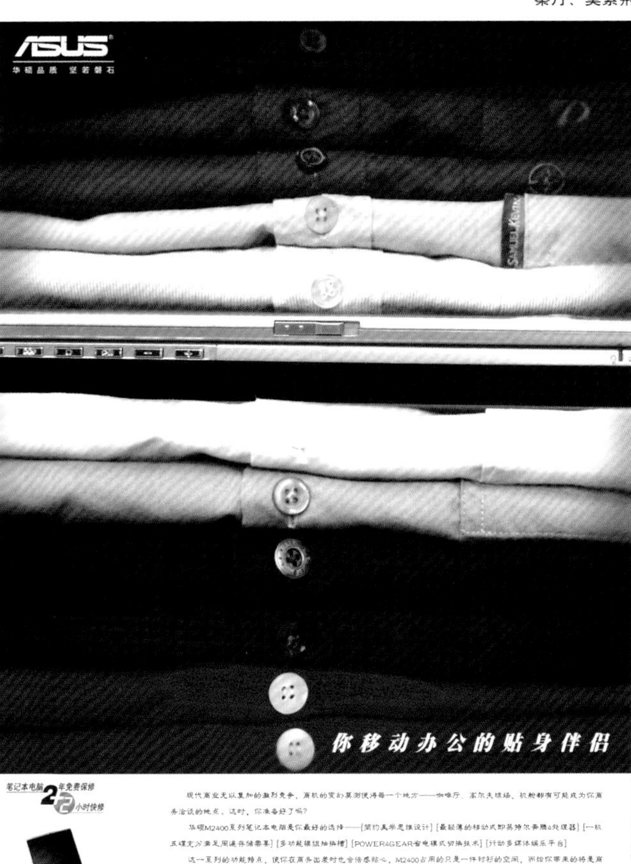

秦丹、莫紫荆

OTOÑO
HOGAR
HIPERCOR
XACOBEO'99
Del 1 al 29 de octubre.
CALIDAD HIPERCOR. PRECIOS HIPERBUENOS

Respira calidad. Respira Daikin.
DAIKIN
DAIKIN
Aire acondicionado

VISUAL
PRANKSTER
SHIGEO
FUKUDA
POSTER
EXHIBITION
1999

TODO LO NECESARIO

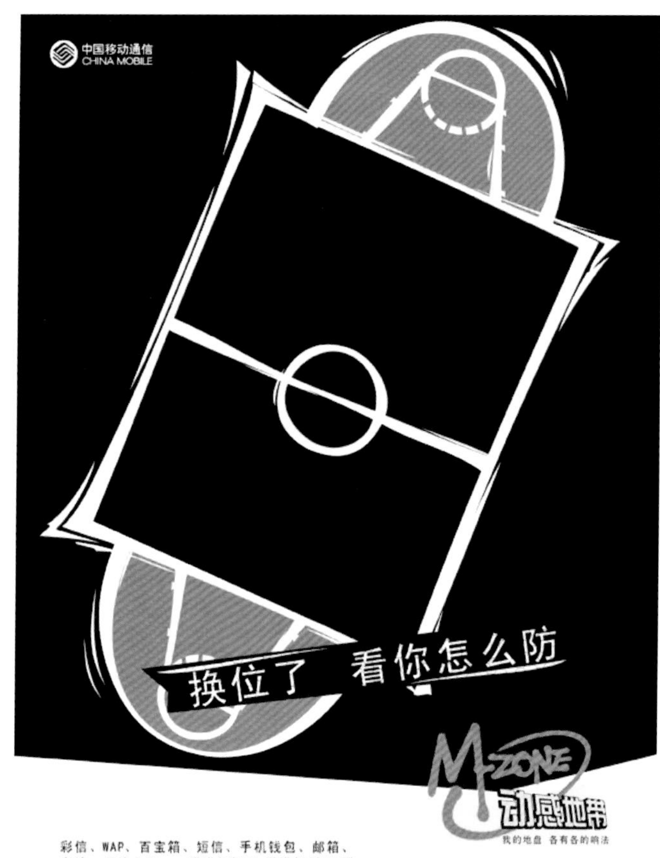

徐亮、唐丹丹、唐玉群、赵业娟、刘国令

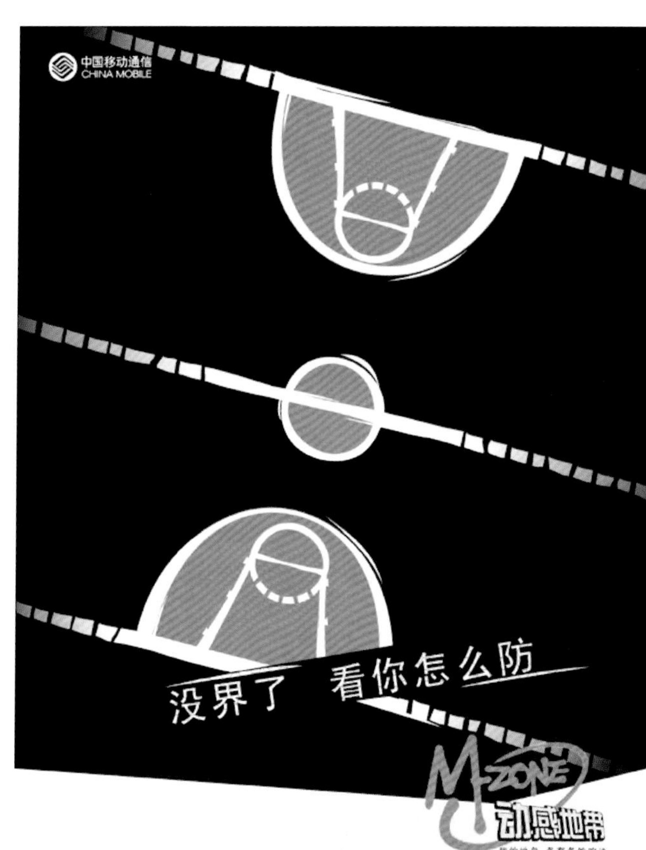

徐亮、唐丹丹、唐玉群、赵业娟、刘国令

这三幅广告的画面以黑、白、黄、橙搭配而成，构成了强烈的视觉刺激，醒目而有一定的震撼力。

徐亮、唐丹丹、唐玉群、赵业娟、刘国令

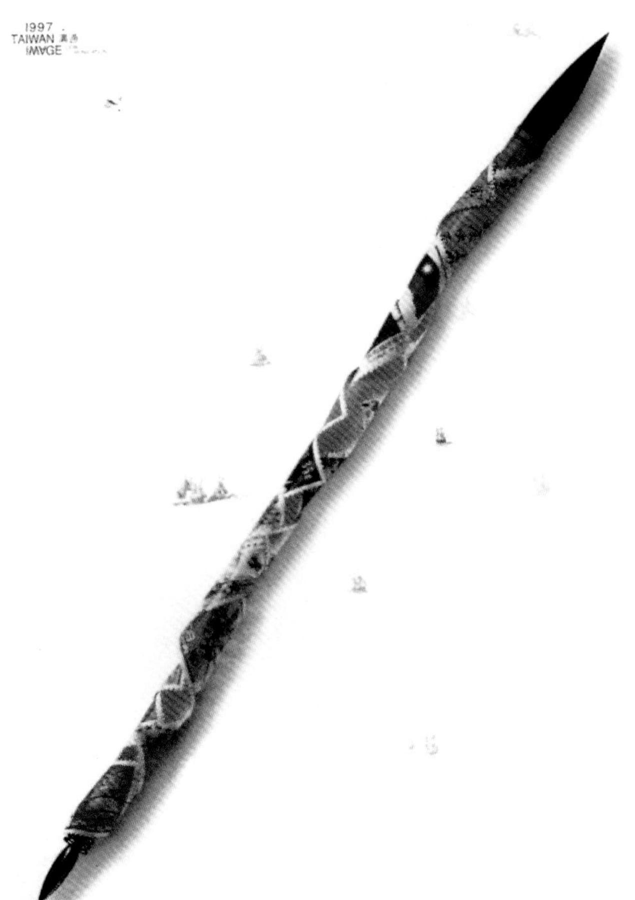

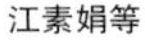
江素娟等

甘莹

江素娟等

江素娟等

¡Como caído del cielo!
Johnnie Walker
DESDE QUE LA NOCHE ES NOCHE.
Johnnie

肯德基
JIHECOFFEE
上海电力广告有限公司 64154303

李伟

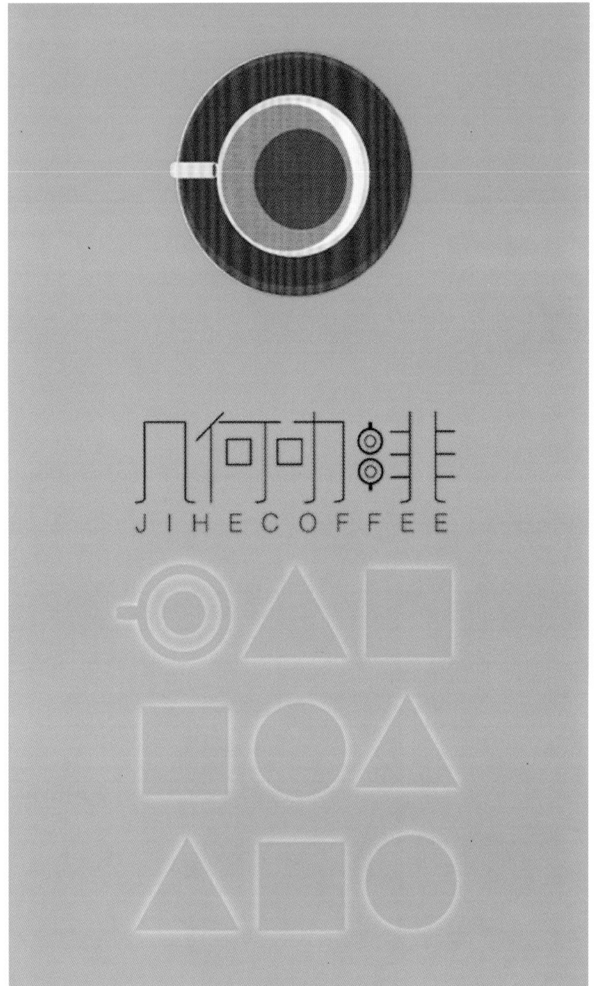
JIHECOFFEE

李伟

第二节　色彩的象征与广告

象征是美学上的重要概念，也是美术、艺术设计、广告创意上必不可少的表现方式。象征是指某种涵义的表象，尤指那些添加于感觉形象原本含义之外的那些涵义。象征也被广泛地用于语言、神话、哲学、宗教等文化领域和社会生活。在艺术领域里，常常沿用传统的象征，艺术家还不断创造新的象征来丰富审美价值，在这里，艺术家把感觉从物理现实的关联中脱离出来，使之成为观念世界的表征，作为艺术上的一种表现方法，以感觉形象来表现它本来没有的内容，这便是象征在艺术中的美学功能。

以上关于象征的美学概念的一般分析可见，象征是从感觉形象的物理现实的关联中抽象出来的，对于色彩的象征，便是关于某种色彩的一种社会化联想，即大家都将这种色彩与一个共同的意识经验相联系，这种联想还从具体事物转向抽象的精神文化与观念世界。色彩成为具有普遍意义的某种象征后，便会给人们以共同的影响。具有象征意义的色彩在文学艺术和社会生活中扮演着重要的角色，而且与传统文化有极其深刻的渊源关系。

因此，色彩本身就有许多或多重的象征意义，广告色彩的象征性依附于色彩本身的象征性之上，然后借助于广告创意的内容把这种象征性强化起来而产生很强的视觉冲击力。

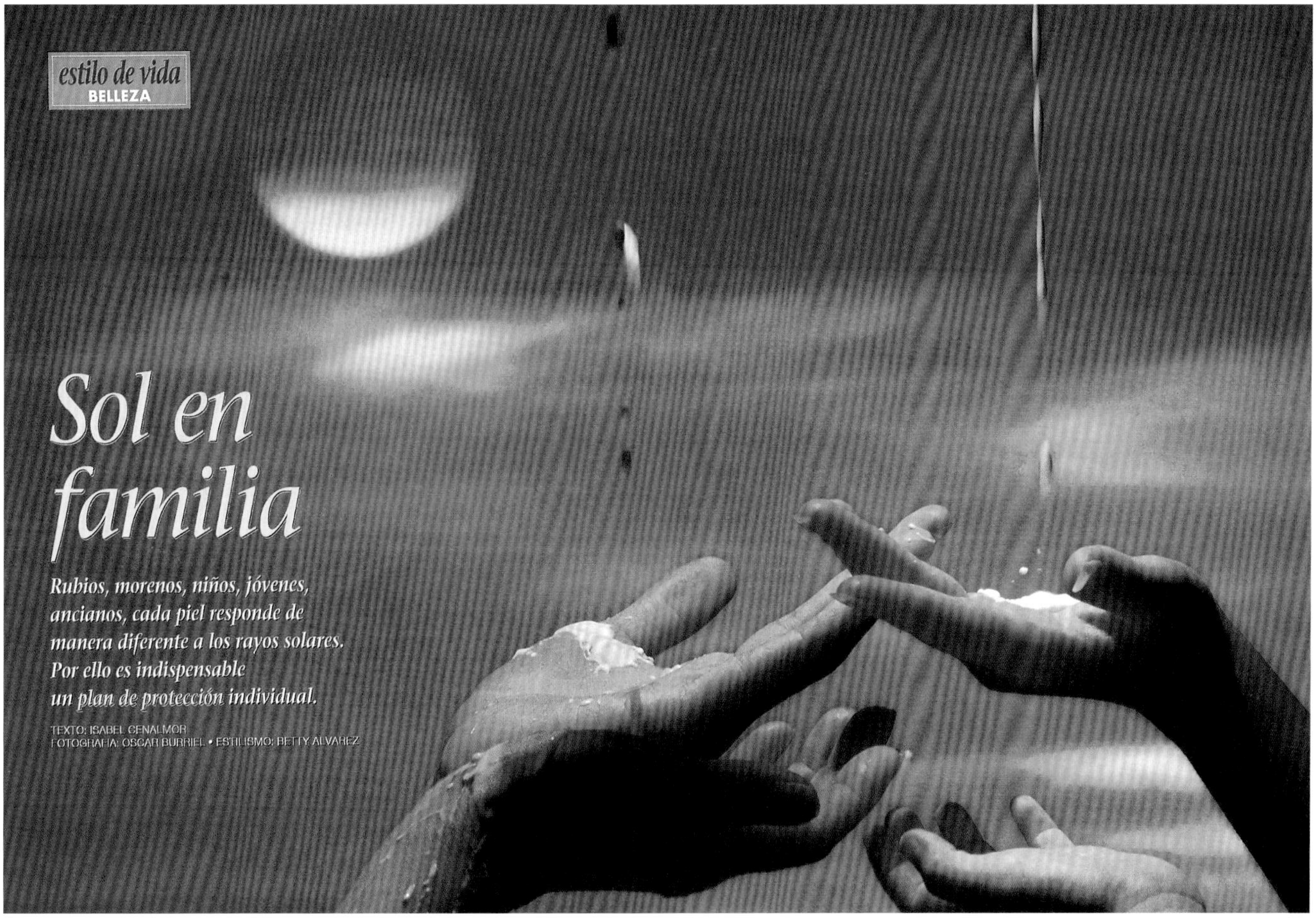
estilo de vida
BELLEZA
Sol en familia
Rubios, morenos, niños, jóvenes, ancianos, cada piel responde de manera diferente a los rayos solares. Por ello es indispensable un plan de protección individual.
TEXTO: ISABEL CENALMOR
FOTOGRAFIA: OSCAR BURRIEL • ESTILISMO: BETTY ALVAREZ

一、有彩色的象征意义

有彩色由于色相不同而呈现出不同的象征意义，这些象征意义在广告色彩的设计中非常重要，如能很好地运用，能够带给受众以强烈的情感。现在我们把基本色相（红、橙、黄、绿、蓝、紫）的象征意义以及它们适用的产品或行业的广告介绍如下：

1.红色是三原色之一，也是中国人最喜欢的色彩之一，每到过年过节、喜庆吉日、亲友聚会，都缺少不了红色。红色是强有力的色彩，是热烈、冲动的色彩，象征着火热、热情，传达一种积极的、前进的、喜庆的氛围，一般在广告中把鲜红色运用在节日中，特别是春节期间的各类广告，都会运用红色来增加吉祥、喜庆的效果。另外，红色，特别是暗红色给人感觉像血，象征暴力与危险，如交通信号灯的红色也表示危险、停止，一般在广告中运用这类红色起警示作用。

但用其他色作为红色底的时候，红色又有着另一番表现，约翰·伊顿在《色彩艺术》中描绘了受不同色彩刺激的红色，他说：在深红的底子上，红色平静下来，热度在熄灭着；在蓝绿色底子上，红色就像炽烈燃烧的火焰；在黄绿色底子上，红色变成一种冒失的、莽撞的闯入者，激烈而又不寻常；在橙色的底子上，红色似乎被郁积着，暗淡而无生命，好像焦干了似的。

红色系列适用于食品、石化、交通、保健药品、金融、百货、酒类、体育用品等行业的广告。

UN GRAN TORNEO. NÚMERO 11 DEL MUNDO. AMA PARÍS, EL COLOR NEGRO Y SE PREPARA PARA SER ACTRIZ

Nuevo siglo,
nuevas tendencias, nuevas tecnologías.
No parece el mejor momento
para quedarse quieto.
Airtel,
el primer operador
integrado
de telefonía móvil, fija e internet.
Infórmate gratis:
1444
www.airtel.es
www.airtel.net
Airtel®
Porque te mueves

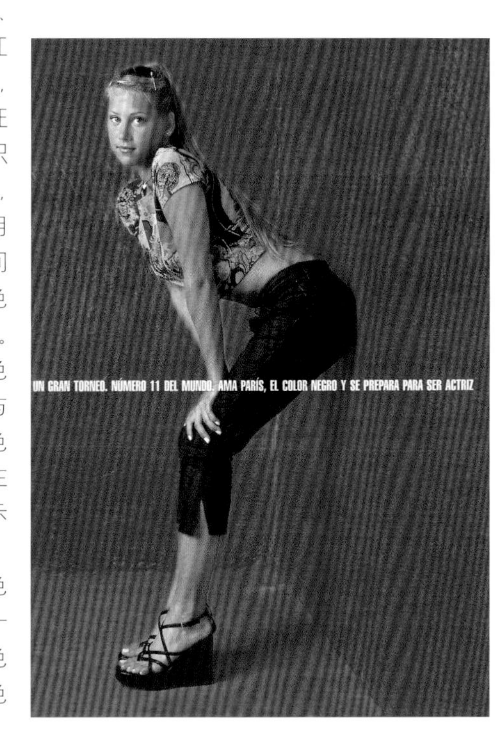

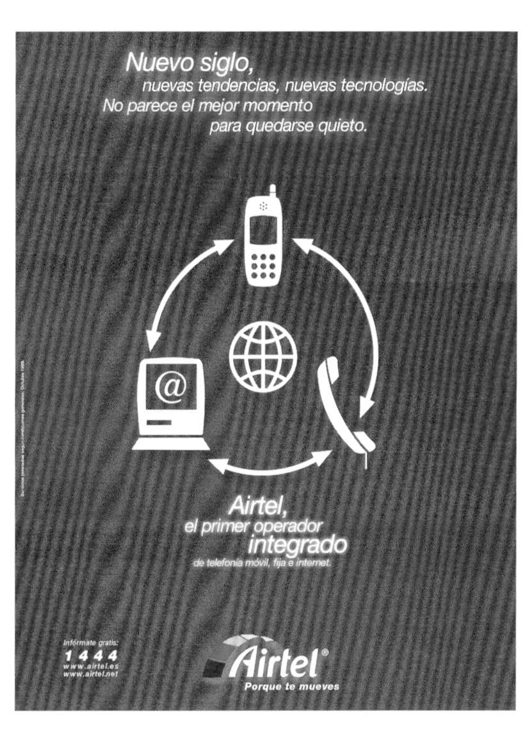

2.橙色是红色与黄色混合的色彩，属于暖色系列。一般混合色具有所混色彩的象征意义，橙色在食品广告中较多见，在色彩学中，橙色象征热情、光辉。橙色的波长仅次于红色，同样具有使人脉搏加速，并有温度升高的感受。橙色是十分活泼的色彩，是暖色系中最暖的色彩，它使我们联想到金色的秋天、丰硕的果实，因此是一种富足的、快乐而幸福的色彩。

橙色混入一些黑色，会成为一种稳重、含蓄的暖色，但混入太多后，就会成为一种烧焦的色。橙色加入白色会成为明快而欢乐的暖色，但混入较多的白色，就会带有甜腻的味道。橙色与蓝色搭配，可以构成响亮夺目的色彩。

橙色系列色彩可以用于食品、石化、建筑、百货等行业的企业色彩或广告中。

3. 黄色也是三原色之一，在食品广告中运用较多。在象征的意义上，黄色象征光明、灿烂、希望与明朗等。在中国古代又象征至高无上的皇权。黄色是明度最高的有彩色，在高明度下可以保持很强的纯度。黄色灿烂、辉煌，有太阳般的光辉，因此象征着照亮黑夜的智慧之光；黄色有金色的光芒，因此又象征着财富和权利，它是骄傲的色彩。以黑色或紫色为底衬托黄色可以使黄色达到扩张的强度，而在白色底的衬托下黄色就被吞没了。黄色加入黑色，马上就会失去光辉而变得污浊，而黄色加入白色则会显得有气无力。

黄色系列色彩适用于食品、金融、化工、照明等行业的广告。

韦东华、李鑫

4. 绿色是黄色和蓝色调和的色彩，有着黄色与蓝色较相类似的象征内容，但更充满了生机。它通常象征着和平、希望、理想、生命、安全、青春等等。鲜艳的绿色非常美丽、优雅，特别是用现代化学技术创造的最纯的绿色，是很漂亮的色彩。绿色很宽容、大度，无论蓝色还是黄色的渗入，仍旧十分美丽。黄绿色单纯、年轻；蓝绿色清秀、豁达。含灰的绿色，也是一种宁静、平和的色彩，就像暮色中的森林或晨雾中的田野。

绿色系列适用于药品、食品、金融、林牧、蔬果、建筑、旅游等行业的广告。

5.蓝色象征沉静、深远、理智、宁静，蓝色是博大的色彩，辽阔的天空和大海景色都呈蔚蓝色，无论深蓝色还是淡蓝色，都会使我们联想到无垠的宇宙或流动的大气，因此，蓝色也是永恒的象征。蓝色是最冷的色，使人们联想到冰川上的蓝色投影。蓝色在纯净的情况下并不代表感情上的冷漠，它只不过代表一种平静、理智与纯净而已。真正令人的情感感到冷酷悲哀的色，是那些被弄混浊的蓝色。

蓝色系列适用于电子、交通、金融、化工、药品、饮水、体育用品等行业的广告，有时也用于作为食品的底色衬托，以使食品的暖色更为鲜艳诱人。

6.紫色是蓝和红的调和色彩，在中、外古代曾经被君王所用，象征高贵。波长最短的可见光是紫色波。通常，我

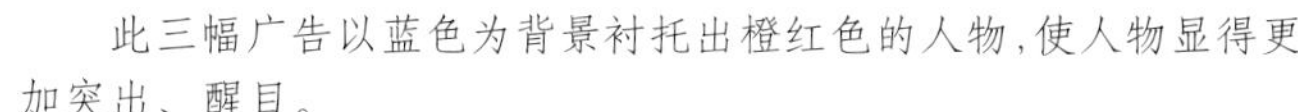
此三幅广告以蓝色为背景衬托出橙红色的人物,使人物显得更加突出、醒目。

们会觉得有很多紫色，因为红色加少许蓝色或蓝色加少许红色都会明显地呈紫色，所以很难确定标准的紫色。约翰·伊顿对紫色作过这样的描述：紫色是非知觉的色，神秘，给人印象深刻，有时给人以压迫感，并且因对比的不同，时而富有威胁性，时而又富有鼓舞性。当紫色以色域出现时，便可能明显产生恐怖感，在倾向于紫红色时更是如此。歌德说："这类色光投射到一副景色上，就暗示着世界末日的恐怖。"紫色是象征虔诚的色相，当紫色深化暗化时，是蒙昧迷信的象征。潜伏的大灾难就常从暗紫色中突然爆发出来，一旦紫色被淡化，当光明与理解照亮了蒙昧的虔诚之色时，优美可爱的晕色就会使我们心醉。用紫色表现混乱、死亡和兴奋，用蓝紫色表现孤独与献身，用红紫色表现神圣的爱和精神的统辖领域——简而言之，这就是紫色色带的一些表现价值。伊顿教授的对紫色的描述，的确能给我们以启示，它似乎是色环上最消极的色彩。尽管它不像蓝色那样冷，但红色的渗入使它显得复杂、矛盾。它处于冷暖之间游离不定的状态，加上它的低明度的性质，也许就构成了这一色彩在心理上引起的消极感。与黄色不同，紫色可以容纳许多淡化的层次，一个暗的纯紫色只要加入少量的白色，就会成为一种十分优美、柔和的色彩，随着白色的不断加入，也就不断地产生出许多层次的淡紫色，而每一层次的淡紫色，都显得很柔美、动人。

紫色系列适用于服装、出版、化妆品等行业的广告。

难割难舍的缤纷，
有些愉悦，有些痛楚。
思念的时候，还要缠绕那绵延。
重复的、破碎的、烦人的。
可以出离吗？
可以超越吗？

这里
悠远的性灵之钟，
那造谣的震荡、破萝而来。
敲醒的，不就是心底渴望吗？
浪漫超越一切，挚爱才是真谛。

□ 发展商：广西万昌房地产开发有限公司 □ 地址：南宁市双拥路89号 □ 电话：2655188 2656188 2657188

由德国知名建筑师
领衔，
联合深圳大学建筑技术发展中心
倾心打造之巨构。
是为了追求生活品位的
都市白领而度身定做的
欧式豪宅。
29层复式楼宅
挺拔极具韵律感的外立面
为南湖东岸平添“亮色”。

□ 发展商：广西万昌房地产开发有限公司 □ 地址：南宁市双拥路89号 □ 电话：2655188 2656188 2657188

雷波

韦东华

MOMENTOS DE
INSPIRACIÓN

Ballantine's
http://www.ballantines-es.com
BEBE CON MODERACIÓN. ES TU RESPONSABILIDAD.

FUTURISTA...
... «Rouge Miroir», de Givenchy.

二、无彩色的象征意义

黑、白、灰色是无彩色。我们曾经说过，无彩色在心理上与有彩色具有同样的价值。黑色可以象征庄重、肃穆，也可以象征黑暗、罪恶。白色具有纯洁、光明与轻快的象征。黑色与白色是对色彩的最后抽象，代表色彩世界的阴极和阳极。太极图案就是用黑白两色的循环形式来表现宇宙永恒的运动的。黑白所具有的抽象表现力以及神秘感，似乎能超越任何色彩的深度。康定斯基认为，黑色意味着空无，像太阳的毁灭，像永恒的沉默，没有未来，失去希望。而白色的沉默不是死亡，而是有无尽的可能性。黑白两色是极端对立的色，然而有时候又令我们感到它们之间有着令人难以言状的共性。白色与黑色都可以表达对死亡的恐惧和悲哀，都具有不可超越的虚幻和无限的精神，黑白又总是以对方的存在显示自身的力量，它们似乎是整个色彩世界的主宰。在色彩世界中，灰色恐怕是最被动的色彩了，它是彻底的中性色，依靠邻近的色彩获得生命。灰色一旦靠近鲜艳的暖色，就会显出冷静的品格；若靠近冷色，则变为温和的暖灰色。

色彩的表情在更多的情况下是通过对比来表达的，色彩的对比有时显得华丽、五彩斑斓、耀眼夺目，有时显得含蓄、明度上稳重，有时又显得朴实无华。创造什么样的色彩才能表达所需要的感情，完全依赖于自己的感觉、经验以及想像力，没有什么固定的格式。但运用是否得当却又与设计者的知识修养和对色彩各个方面的了解与驾御能力有关，而是否能够运用色彩来移情，也许就是色彩设计的关键所在。

无彩色几乎在任何行业、产品中和广告中都可使用，而且给人永远都具有一种现代的感觉。但多数情况下无彩色多作为背景或用以辅助衬托有彩色。也有许多广告色彩的设计中把无彩色作为主色调来用。广告中经常使用无彩色，特别是在黑白报纸媒介的广告，本身就是黑与白的无彩设计。另外有时在电影广告或杂志广告等媒介上，经常也使用无彩色，甚至整篇都使用无彩色来设计，这是为了与其他广告区别开来以突显广告的个性。

黄宵亮

凌駕于
上層建築的思想
品位是一种先天的赋予
独立于人生的颠峰境界
写意,舒适也代替不了凌驾思想的快感
虹城的秩序:
驾御生活的艺术,
虹城的规则:
享受知性的空间
虹城的气度:
只属于少数人
虹城的眼界:
高瞻远瞩,对自我最纯粹的诠释
TEL/ 5332876 5332879
虹城

莫莉

征服空間,
探尋人文的光芒
生活在都市,无法避免的压力与冲击
除了内心的空白和落寞
我还向往将每一个心境得到解脱,领悟和回归
让灵魂游荡在自由的空间里
虹城的秩序:
驾御生活的艺术,
虹城的规则:
享受知性的空间
虹城的气度:
只属于少数人
虹城的风格:
人文构筑的每一份土壤
TEL/ 5332876 5332879
虹城

莫莉

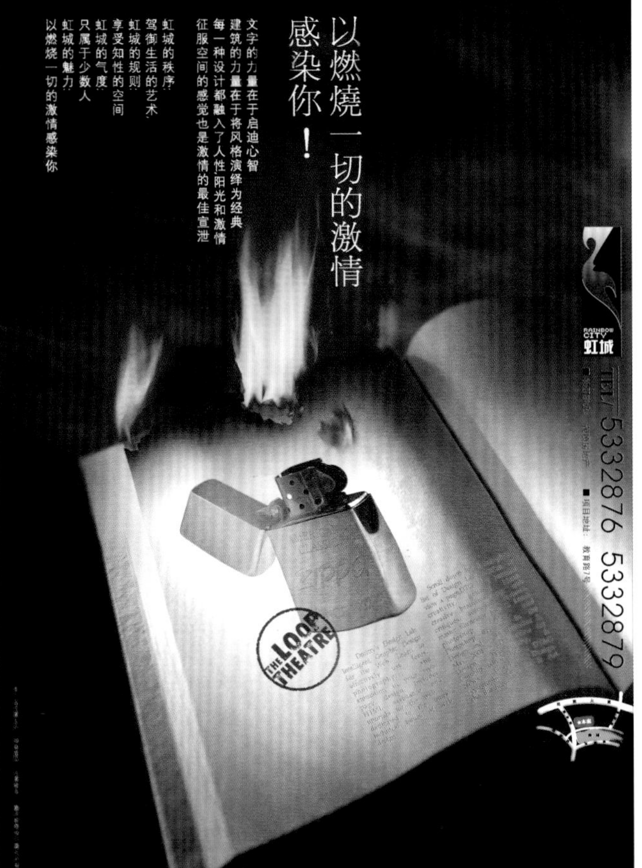
以燃燒一切的激情
感染你!
文字的力量在于启迪心智
建筑的力量在于将风格演绎为经典
每一种设计都融入了人性阳光和激情
征服空间的感觉也是激情的最佳宣泄
虹城的秩序:
驾御生活的艺术,
虹城的规则:
享受知性的空间
虹城的气度:
只属于少数人
虹城的魅力:
以燃烧一切的激情感染你
虹城
TEL/ 5332876 5332879

莫莉

以閱讀的心情
認識虹城
阅读不是思想的复制,
阅读一个城市需要精致的心情,
细细品位建筑的典范
虹城的秩序:
驾御生活的艺术,
虹城的规则:
享受知性的空间
虹城的气度:
只属于少数人
虹城的思想:
构建造都市上层建筑
TEL/ 5332876 5332879
虹城

莫莉

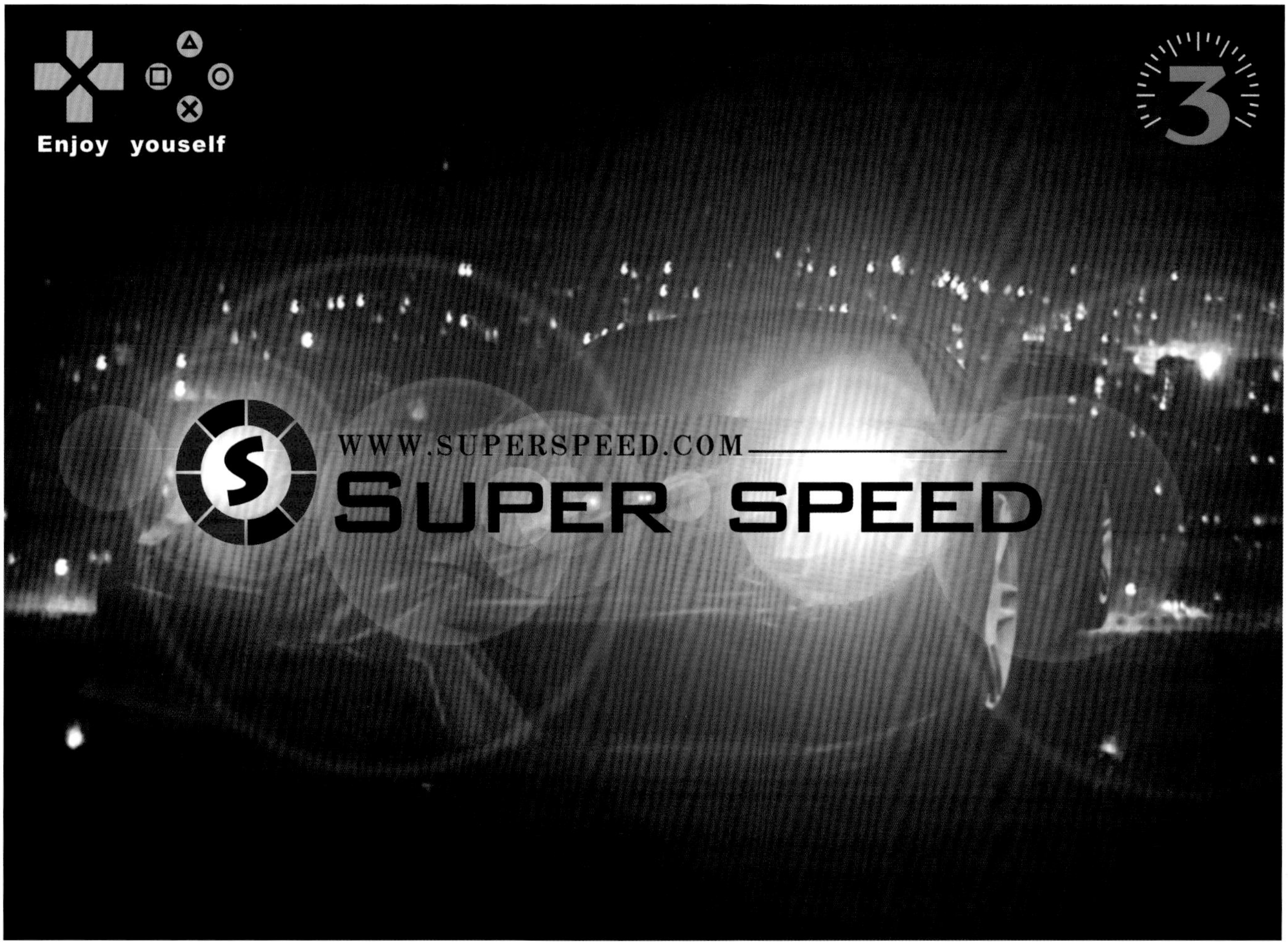
Enjoy youself
3
WWW.SUPERSPEED.COM
SUPER SPEED

黄宵亮

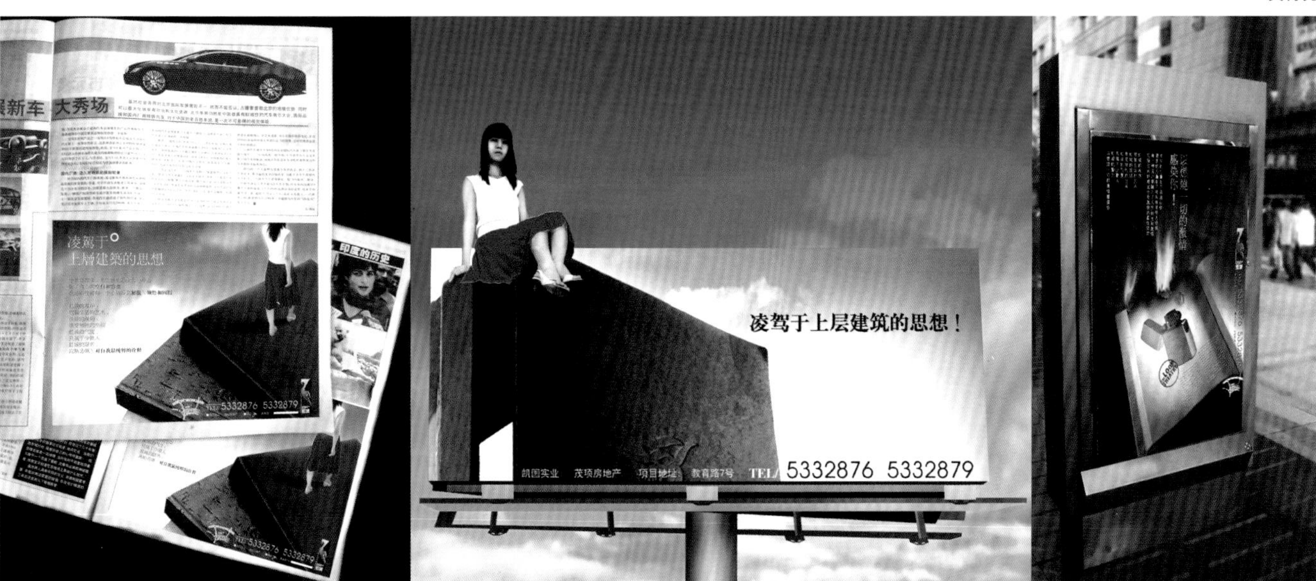

大秀场
凌驾于
上層建築的思想
5332876 5332879
印度的历史
凌驾于上层建筑的思想！
凯国实业 茂项房地产 项目地址：教育路7号 TEL/ 5332876 5332879

莫莉

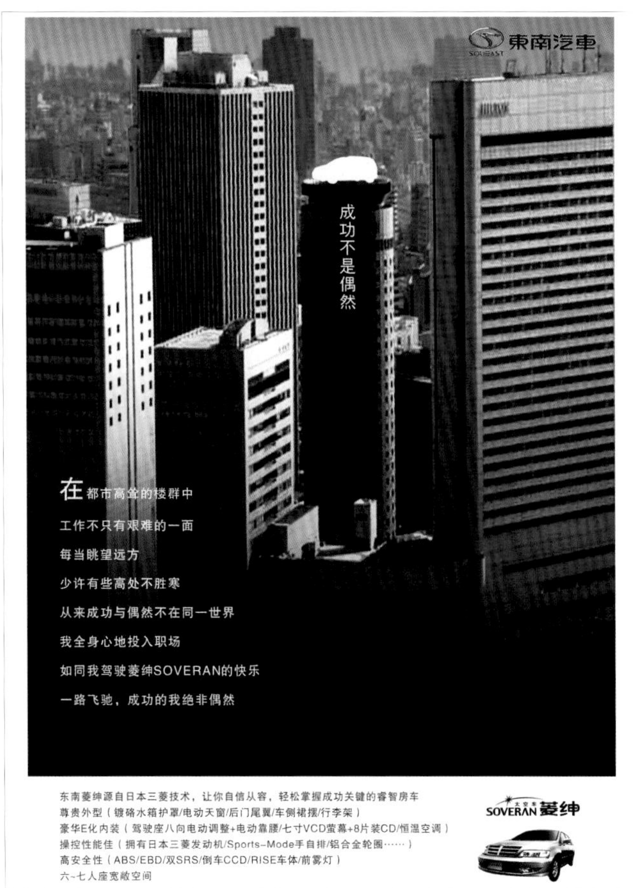

東南汽車
SOUEAST
成功不是偶然
在都市高耸的楼群中
工作不只有艰难的一面
每当眺望远方
少许有些高处不胜寒
从来成功与偶然不在同一世界
我全身心地投入职场
如同我驾驶菱绅SOVERAN的快乐
一路飞驰，成功的我绝非偶然
东南菱绅源自日本三菱技术，让你自信从容，轻松掌握成功关键的睿智房车
尊贵外型（镀铬水箱护罩/电动天窗/后门尾翼/车侧裙摆/行李架）
豪华E化内装（驾驶座八向电动调整+电动靠腰/七寸VCD萤幕+8片装CD/恒温空调）
操控性能佳（拥有日本三菱发动机/Sports-Mode手自排/铝合金轮圈……）
高安全性（ABS/EBD/双SRS/倒车CCD/RISE车体/前雾灯）
六~七人座宽敞空间
SOVERAN 菱绅

陈泉、曾燕

東南汽車
SOUEAST
自信没有做作
在心灵辽阔的平原里
生活不只是快乐的景色
每次畅想未来
从容与得意就如同太阳从地平线升起
从来自信的人都是最耀眼的
我尽情地享受人生与自然的乐趣
如同我驾驶菱绅SOVERAN的超越
一路飞驰，自信的我没有做作
东南菱绅源自日本三菱技术，让你自信从容，轻松掌握成功关键的睿智房车
尊贵外型（镀铬水箱护罩/电动天窗/后门尾翼/车侧裙摆/行李架）
豪华E化内装（驾驶座八向电动调整+电动靠腰/七寸VCD萤幕+8片装CD/恒温空调）
操控性能佳（拥有日本三菱发动机/Sports-Mode手自排/铝合金轮圈……）
高安全性（ABS/EBD/双SRS/倒车CCD/RISE车体/前雾灯）
六~七人座宽敞空间
SOVERAN 菱绅

陈泉、曾燕

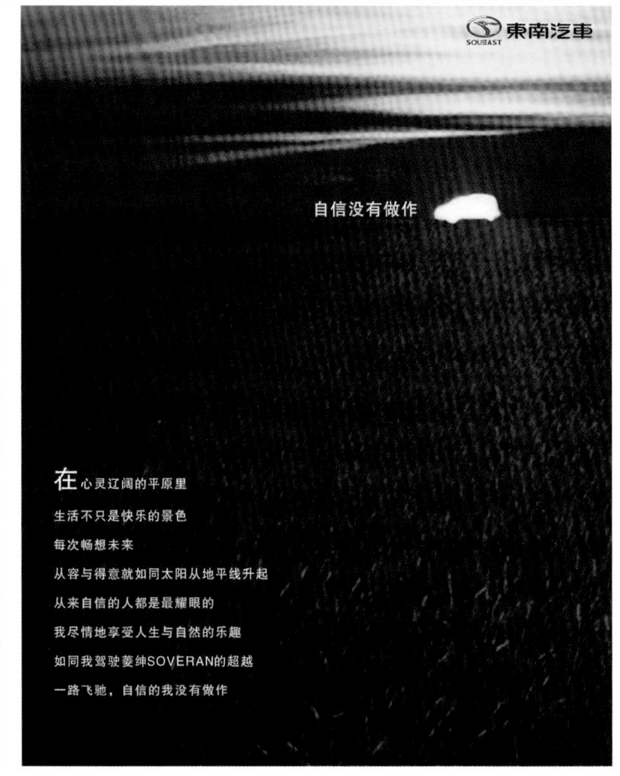

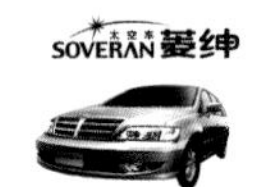

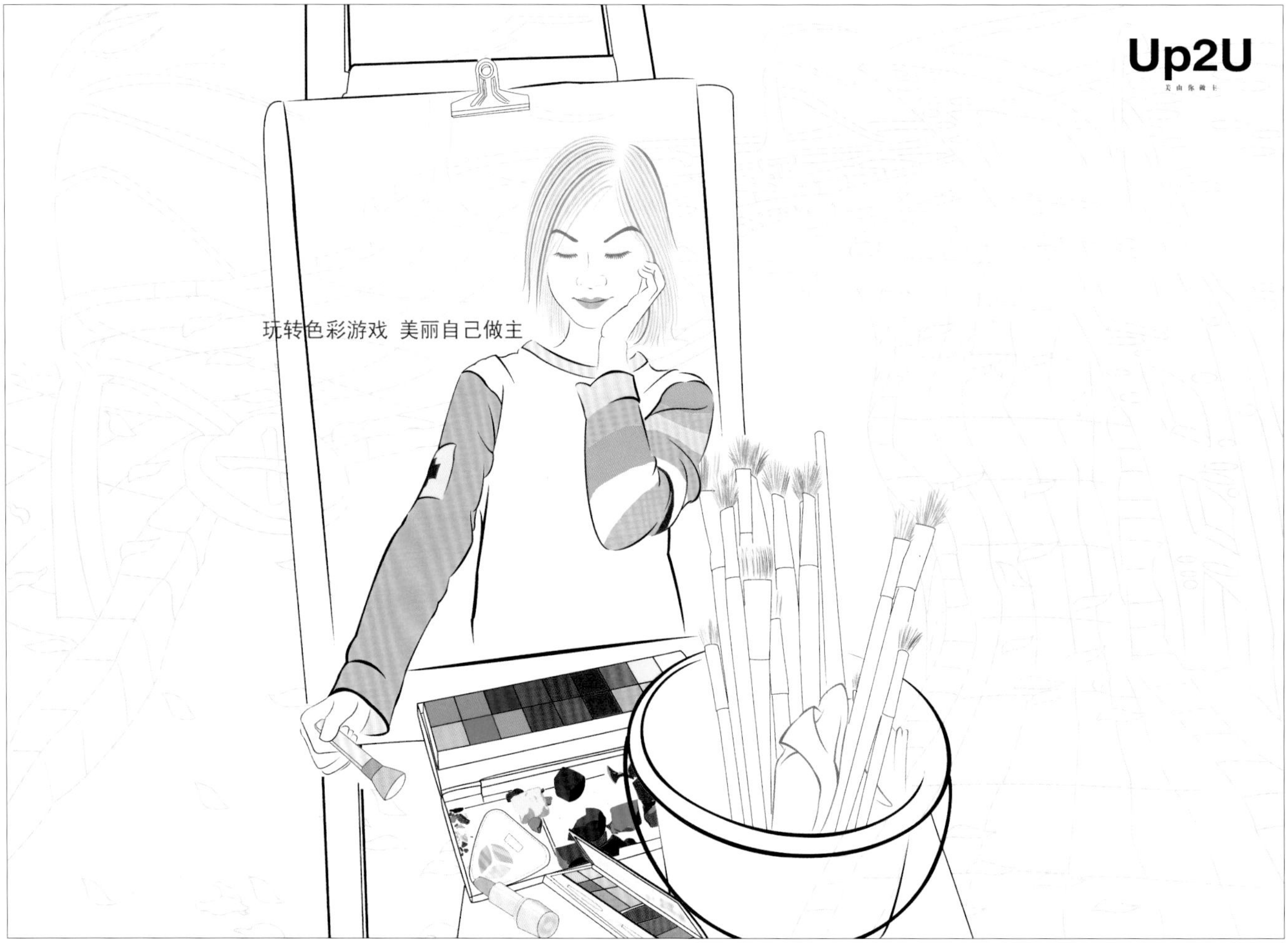
Up2U
玩转色彩游戏 美丽自己做主

江素娟

CITROËN C5
乐动。
内外和谐的共鸣
CITROËN 雪铁龙

CITROËN C5
律动。
驾驭流畅的行板
CITROËN 雪铁龙

AVON
颜色随心选择
塑造流行彩妆
Up2U
美由你作主

盘小凤

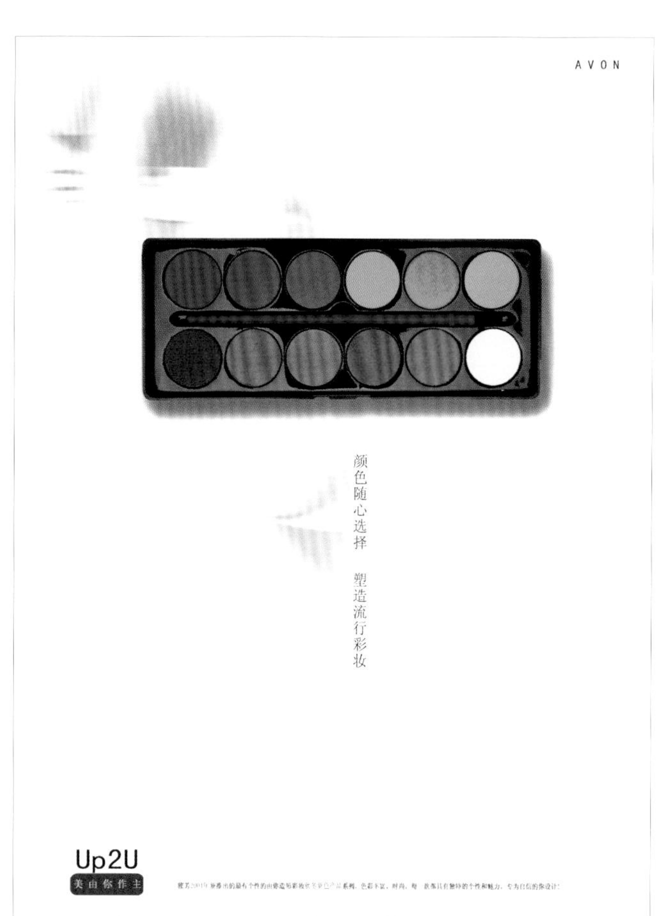
AVON
颜色随心选择
塑造流行彩妆
Up2U
美由你作主

盘小凤

05 广告色彩设计的其他因素

广告色彩设计除了要考虑以上各章所述的关于色彩的基本知识外，还应该特别强调的是要考虑广告受众，因为只有充分了解了广告受众，了解他们的色彩感受，广告的效果才能最后实现。同时，产品的个性色彩也是我们设计师所必须考虑的问题。

第一节 广告色彩设计需要考虑的社会群体因素

社会群体是指人们年龄、性别、职业、生活环境以及政治、经济、文化、民族的不同而产生出不同的社会群体，他们对事物的理解存在一定的偏差，这些偏差有时是微小的，但有时就可能是巨大的，而且不同的社会群体其行为方式也有所不同。在市场细分理论中，以上区分出来的社会群体是指产品的目标消费群体，在广告传播的理论中是指目标受众。

一、年龄和性别

一般来说，青少年好动而又充满了活力，喜欢鲜明以及对比强烈的色彩，在广告目标对象为青少年时，广告的色彩设计中就需要使用高对比、高纯度的色彩。而中老年人由于其稳重而喜欢沉着的色彩。

男女性别的差异会使得人们对色彩的喜好有着巨大的差异，通常我们看到女性的色彩都是温馨协调的暖色调，而男性的色彩充满对比的硬色调，显得很有霸气。

二、职业

我们知道，职业不同，人们的审美意识也有巨大的差异，对广告色彩的鉴赏更有着截然不同的观点。通常工人、农民更喜欢大红大绿的鲜艳色彩，而知识分子对色彩要求就会更高一些，一般他们喜欢雅致而柔和的色彩。

三、生活环境

人们由于生活环境的因素而产生了不同的生活习惯，对于色彩的想像和联想也有很大的区别，如北方和南方的人们对色彩的喜好就有一定的区别，北方人更喜好暖色系列，而南方人更喜欢冷色系列，其原因很简单，即北方太冷而南方又太热。

四、政治、经济、文化及民族

政治、经济、文化及民族环境的异同，导致人们对色彩的理解也有较大的不同，特别是民族宗教信仰不同更是对某些色彩产生禁忌，在进行广告色彩设计时我们要很好地把握。如欧洲历史上用于国际外交领域的公文曾采用白色的封皮，沿袭下来，白皮书的白色就有了政府工作报告的符号意义。而在中国，白色是凶丧之色，中国人忌白，只遇凶事服白，素衣、素裳、素冠，至今如此。蒙古族对白色很看重，他们的生活中到处有白色的点缀，白马奶、白色蒙古毡包、白色地毯，春节又叫白节，正月又叫白月，人人喜欢穿白袍、白靴。只要深入观察一个民族，一定能发现只属于这个民族的独特的风俗色彩表现。而我们在设计色彩广告的时候也就同样可以根据各个民族不同的色彩喜好来进行设计。

韦东华

韦东华

崔向上

崔向上

蒋婵

蒋婵

韦东华

第二节　广告色彩与企业、产品色彩的关系

一、广告色彩与企业色彩

现代企业在它诞生之时就已经拥有了企业自身的VIS视觉识别系统，其中包含了固定的色彩及其搭配，称之为标准色。其色彩表明了企业的理念与企业的文化，这是永远不变的，除非企业倒闭。企业在许多场合都会固定地使用这些色彩与搭配，如企业的办公、生产、销售等场地的装修就要考虑使用这些色彩及搭配，企业员工的服装同样也会使用这些色彩与搭配。那么，在广告设计中我们该如何考虑使用企业的固定色彩与搭配？这个问题就略微复杂一点，广告设计必须考虑企业的固定色彩与搭配，这是毫无疑问的，可是在某种形式的广告中，广告可能还得更多地考虑消费者的需要。前面我们已经说过，广告是向特定的广告受众传递信息，而且必须达到广告目的，我们在设计广告的时候就应该更多地考虑广告受众的各种需求，特别是生活、心理等方面的需求。另外，广告的色彩设计还需根据广告的主题来进行，有时广告创意的主题是表现月色中的情形，虽然企业的VI色彩可能是其他鲜亮的色彩，我们也只能根据广告的主题进行设计。

二、广告色彩与产品

产品有各种各样的类别，基本分为两大类，一是工业用产品，二是民用产品，而广告的产品主要是民用产品，在民用产品中我们还可以分为更多的类别，如：食品类、日用品类、机电类、通讯类、汽车类等等，每一类产品都有它们自身的产品特征和色彩范畴。我们能够普遍认识的如食品使用暖调色彩的偏多，但食品中也有运用冷色系列的广告，如酒类、冷饮等等，而日用品中又可以分成几大类别，如洗涤用品、护肤用品、餐具厨具等等，其中的色彩也有大致的倾向性。机电类产品，使用冷色就偏多了。这是通常人们对于产品的共识，但在广告中所使用的色彩就不一定是产品的色彩属性本身了，广告中所使用的色彩可能超出原来产品的色彩属性，这是因为，广告在于诉求某种信息，目的是让消费者认同广告中的信息，并产生好感。所以广告中使用的色彩是可以超越了产品的色彩属性，但又能让消费者对产品产生好感的色彩。

以上两点我们都阐述了广告色彩可以离开企业的VIS色彩和产品的色彩，去单独根据广告创意的主题进行设计，但广告又有着推广企业色彩与产品色彩的责任，这似乎有矛盾，其实，这并不矛盾。的确，广告需要让消费者关注企业和产品的色彩，也必须极力去诉求。一般情况下，这和消费者的认知有关，一个新企业或新产品刚诞生，市场对企业或产品不了解，这时候广告的任务就是从各个方面和角度去诉求企业或产品的形象。而当消费者对企业或产品了解到一定程度时，广告就可以从其他方面对消费者进行信息诉说，这时广告就不一定围绕企业或产品本身进行主题创意了，这个问题在下一节中将会讨论。

以上这些汽车广告各有各的色彩意境，为产品营造出一种浪漫的消费氛围，使人看了以后仿佛置身于广告所营造的美好色彩及图形的意境之中。

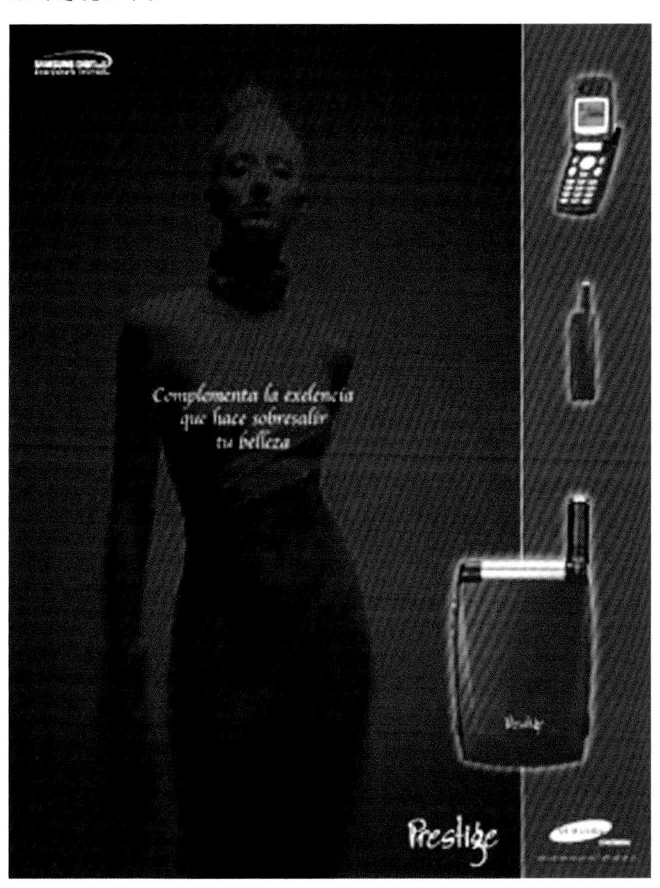

这幅手机广告的色彩直接大幅面使用产品的色彩，显得高贵大方，具有很强的记认性。

柯达胶卷直接使用企业产品的色彩，更鲜明地传达了产品的信息。

以上两幅手机广告以时装形式进行创意，服装的色彩与手机的色彩遥相呼应，形成时髦的时装广告风格，广告用服装与色彩强调了手机的时尚性。

雷波

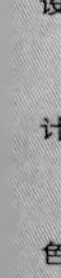

WELLA

¿QUIÉN SABE MÁS DE LA NOCHE?
¿CUÁL ES SU SECRETO?
¿CUÁL ES SU MISTERIO?
¿CUÁL ES SU FÓRMULA
PARA TRANSFORMAR LA NOCHE?
MEZCLA IMAGINACIÓN.
SALDRÁN BURBUJAS DE LA NOCHE.
LICOR 43 CUARENTA Y TRES
MEZCLA 43
http://www.conlicor43.com
Bebe con moderación. Es tu responsabilidad.

YOUR HAIR IS THE CLOTHING NATURE GAVE YOU.
WELLA

YOU HAIR WAS YOUR FIRST PIECE OF CLOTHING. TAKE GOOD CARE OF IT.
WELLA

第三节　广告色彩设计与产品生命周期

产品一般都会有淘汰的时候，从新产品上市到被市场淘汰的过程我们称之为产品的生命周期，可分为：导入期—成长期—成熟期—衰退期等4个阶段。在广告设计时每一时期产品的特性与色彩设计均有着相对应的关系，以下分各个阶段加以说明：

1.导入期　导入期是指新产品进入市场，消费者对产品还不了解，广告的策略是提高产品的知名度，在广告色彩设计之时，尽可能以产品的原色来表现产品的本色，让消费者对产品有深刻的印象。

2.成长期　这一时期的产品已在市场上初步站住脚跟，消费开始明显增长，广告的策略为巩固已有的市场，继续扩大产品的市场占有率。广告色彩设计之时必须考虑还没有开发的市场，这是沿用导入期的策略，在已开发的市场可以运用有一定个性的色彩。

3.成熟期　这一时期产品在市场上的知名度已较高，已有一定的市场占有率，广告策略是保护已有市场占有率，使消费者忠诚本产品品牌，这就必须满足消费者更多的心理需求，因此广告色彩需在流行化、个性化、多样化、差异化方面多下工夫，使消费者感受产品的个性魅力，并使产品能够长久地站稳市场。

4.衰退期　这一时期的市场已达到饱和状态，消费者的购买意识不断地在追新追变，原有的产品功能已不能满足所需，必须根据新的市场需要，革新技术，创新功能，使产品更新换代。在此时期的广告策略是尽可能地使消费者感受原有产品给他们带来的愉快，并试图把新产品信息告知消费者。广告色彩设计需根据时尚背景、消费走向来赋予产品更创新的意义，到新产品上市之时，很自然地得到消费者的认同。

这四幅是诺基亚同一型号手机的系列广告，但运用色彩营造出很强的个性特征，四种色调在诉求同一个主题，展示出此款手机的性格。

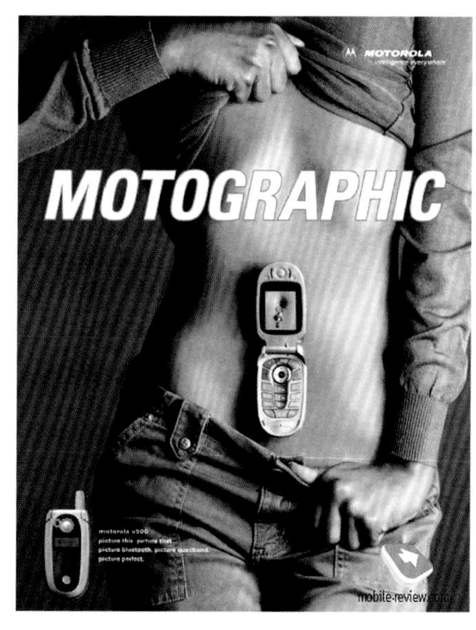

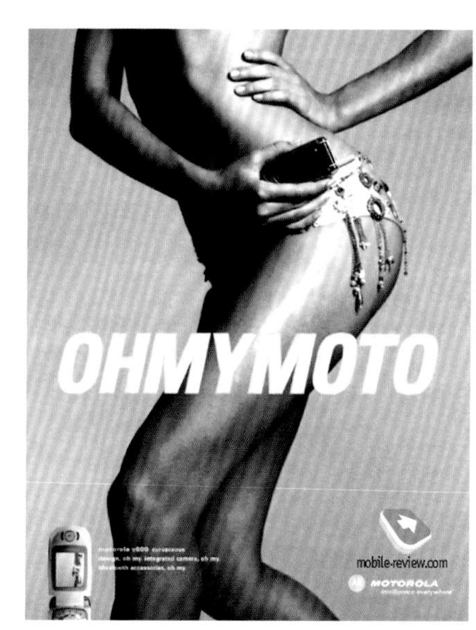

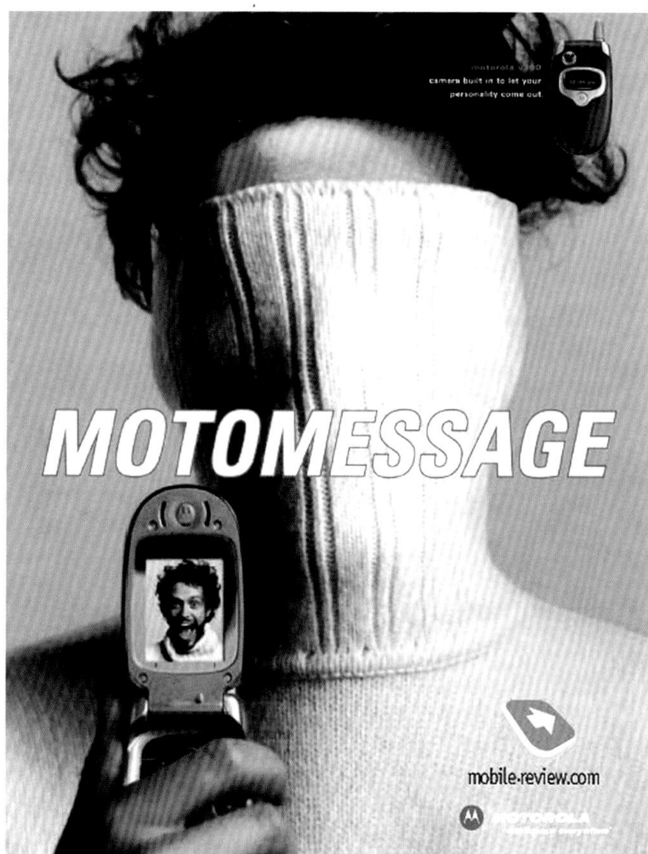

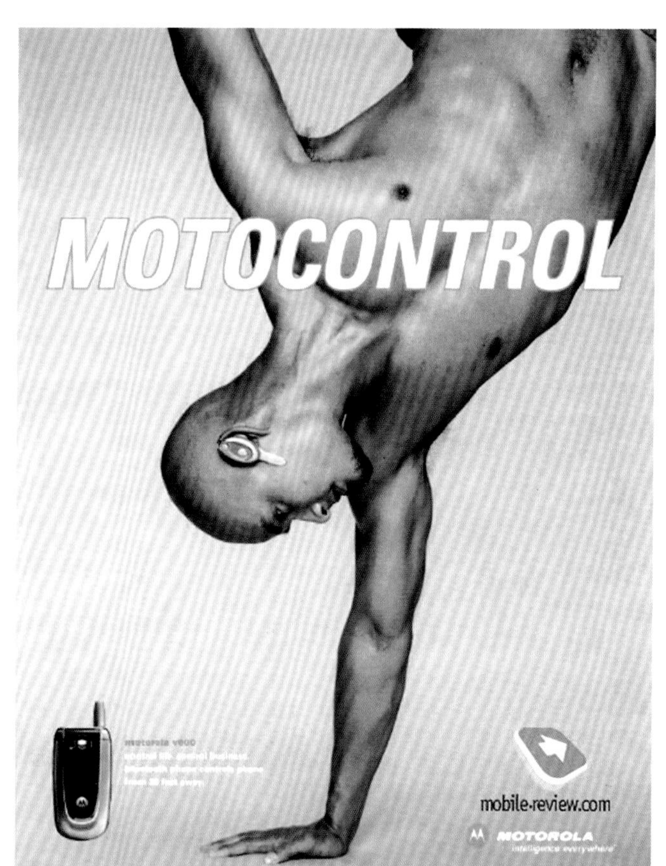

从以上这些摩托罗拉手机广告，可以看出这些广告突出了产品的个性，给人以新颖、时尚的感觉，展示了色彩及色彩搭配的魅力。

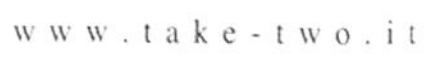

Puro
ORIGEN
El icono del indio de nuestra etiqueta simboliza la tradición de su cuidada elaboración. Viejos secretos guardados celosamente desde hace más de 400 años. En cada botella se esconde toda la magia del paraíso del ron. Un hechizo donde el agua, el fuego, y la tierra son los auténticos protagonistas.
CACIQUE
CACIQUE
Puro Ron de Venezuela.

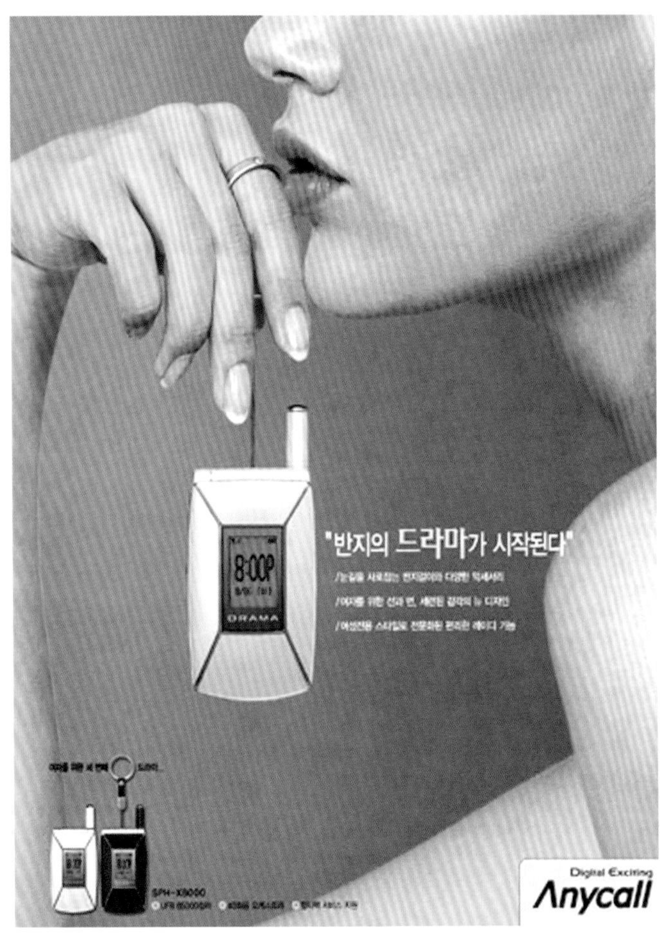
8:00P
DRAMA
"반지의 드라마가 시작된다"
SPH-X8000
Digital Exciting
Anycall

任我行
SOVERAN 大安车 菱绅 让安全 舒适 快意一路尽现
SOUEAST 東南汽車

陈金铭、满毅、 王英才、梁铁

陈金铭、满毅、王英才、梁铁

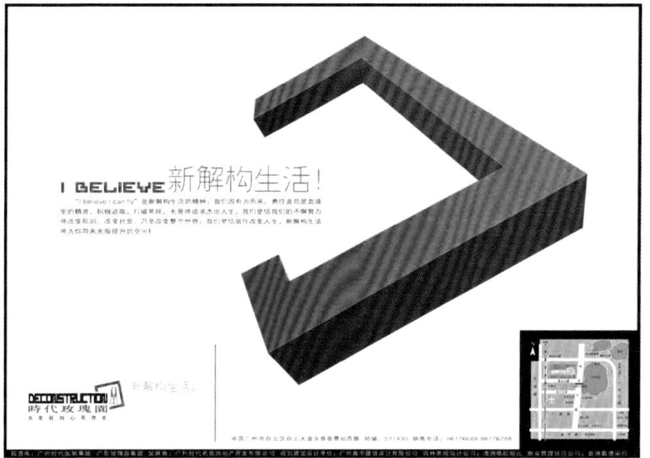

以上三幅房地产广告以素雅的色彩营造了一个美好的意境。其中两幅以偏灰的色彩配以纯度很高的橙色，使画面夺目逼人，具有较强的视觉冲击力和现代时尚的感觉，另一幅完全使用白底色衬托出橙色，同样显得高雅而新颖。

第一节 广告色彩设计的意义

广告色彩设计是一种很微妙的设计活动，它所要把握的是设计符合传播主题、符合传播策略，它服务于信息传播。因此，它的责任也是重大的。首先，色彩根据自身的价值有着某种固定的象征与联想，而后它要根据广告的主题去传播一定的信息，最后它还要让人感受色彩自身的美感。因此，广告的色彩设计是一种比其他艺术设计更艰苦的工作，因为在观看最后的作品时可能受众已经忽视了色彩的存在，而留存在受众的记忆中的只有广告的信息，这也是广告创意设计的最佳效果，这就说明广告本身是一种创造性很强的活动而色彩是为广告主题服务的一个重要元素。

广告创意设计无疑是在塑造着企业或产品的形象，广告的创意设计也无疑给有个性的企业文化注入活力。在当今市场销售成本趋向同质化的时代，附加值的提高，往往不是高在技术上，而是高在广告的分量上。广告的多与少，好与坏，直接影响产品的销售。色彩在广告中充当引起注意、认知信息、留存美感的重要角色，其意义是十分明显的。因此，讲求科学化、系统化的广告色彩设计，成为当今广告制作中不可或缺的环节。广告的色彩设计又成为针对现代产品同质化很高的特点，是创造满足现代消费群体“个性化、差异化”需求的一贴良药。色彩通过其固有的情感效应容易对人们产生心理影响。如果对色彩的视认性和醒目性方面处理得当，可以增加形态诉求的感染力。色彩比形态、材质等更易于发展与派生，更易于表达个性化。通过色彩资料的积累、加工和有计划的设计与管理，容易客观地、定量地表达色彩设计的概念，并能够正确地进行传达。

¡Te como!
Reglero
Nevaditos Negros
Nevaditos Blancos
Reglero
nevaditos blancos y nevaditos negros.

Para llevar un estilo de vida más sano, descubra los productos
Campofrío
Sanissimo
El placer de comer sano
le ayudarán a confeccionar dietas más equilibradas sin prescindir de comer lo que más le gusta
• MENOS GRASA • MENOS COLESTEROL • MENOS CALORIAS • MENOS SODIO •
• INCORPORA FIBRA ALIMENTARIA • INCORPORA VITAMINAS ANTIOXIDANTES E Y C •

盘小凤

Con los vinos es al revés.
Sólo si te has criado en un sótano
dentro de una barrica,
eres de buena cuna.
MONTECILLO
VIÑA CUMBRERO
1996
Rioja
MONTECILLO
Rioja
GRANDES VINOS
DESDE 1874

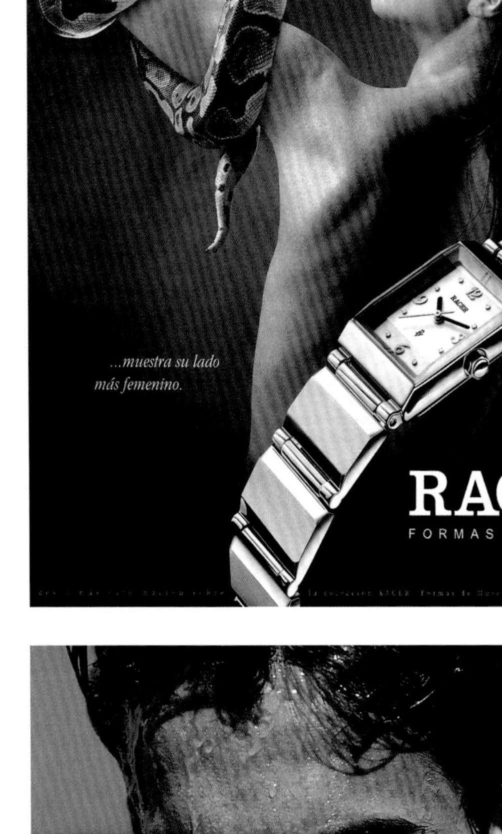

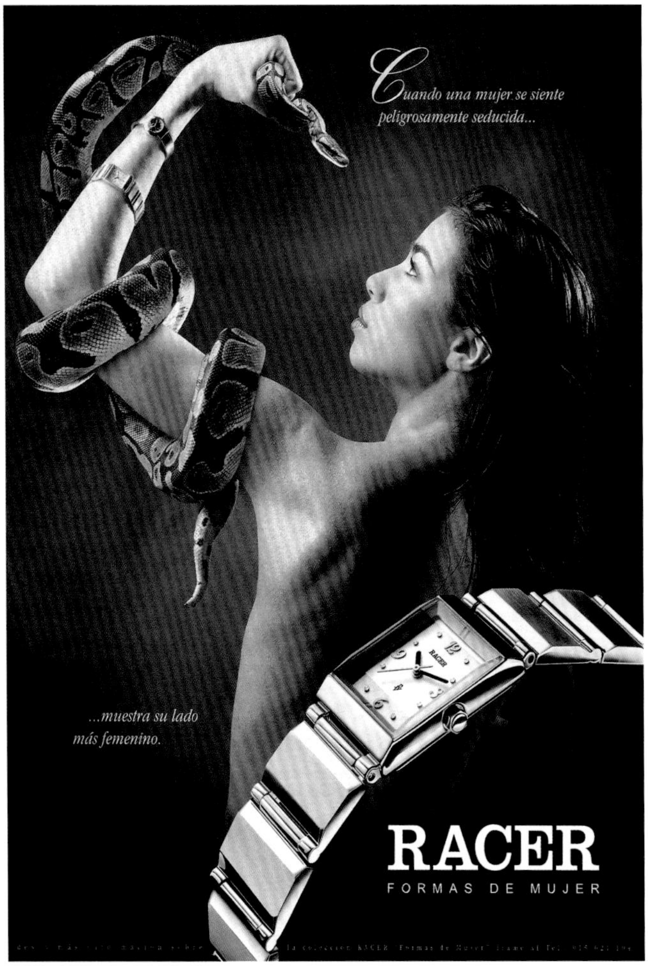
Cuando una mujer se siente
peligrosamente seducida...
...muestra su lado
más femenino.
RACER
FORMAS DE MUJER

PASSIONATA
PASSIONATA
LINGERIE
Es más que amor.

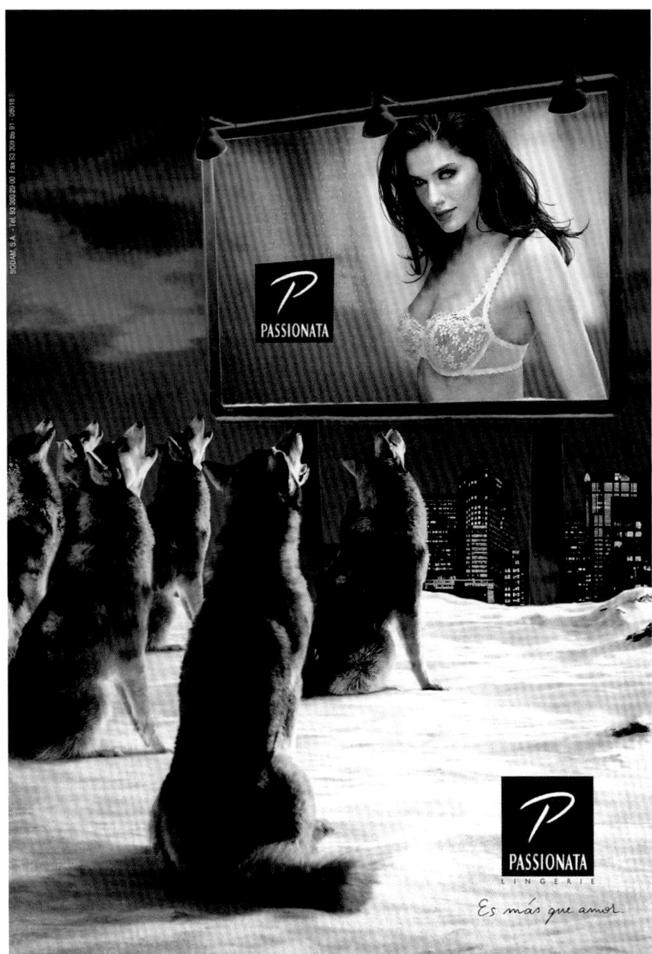

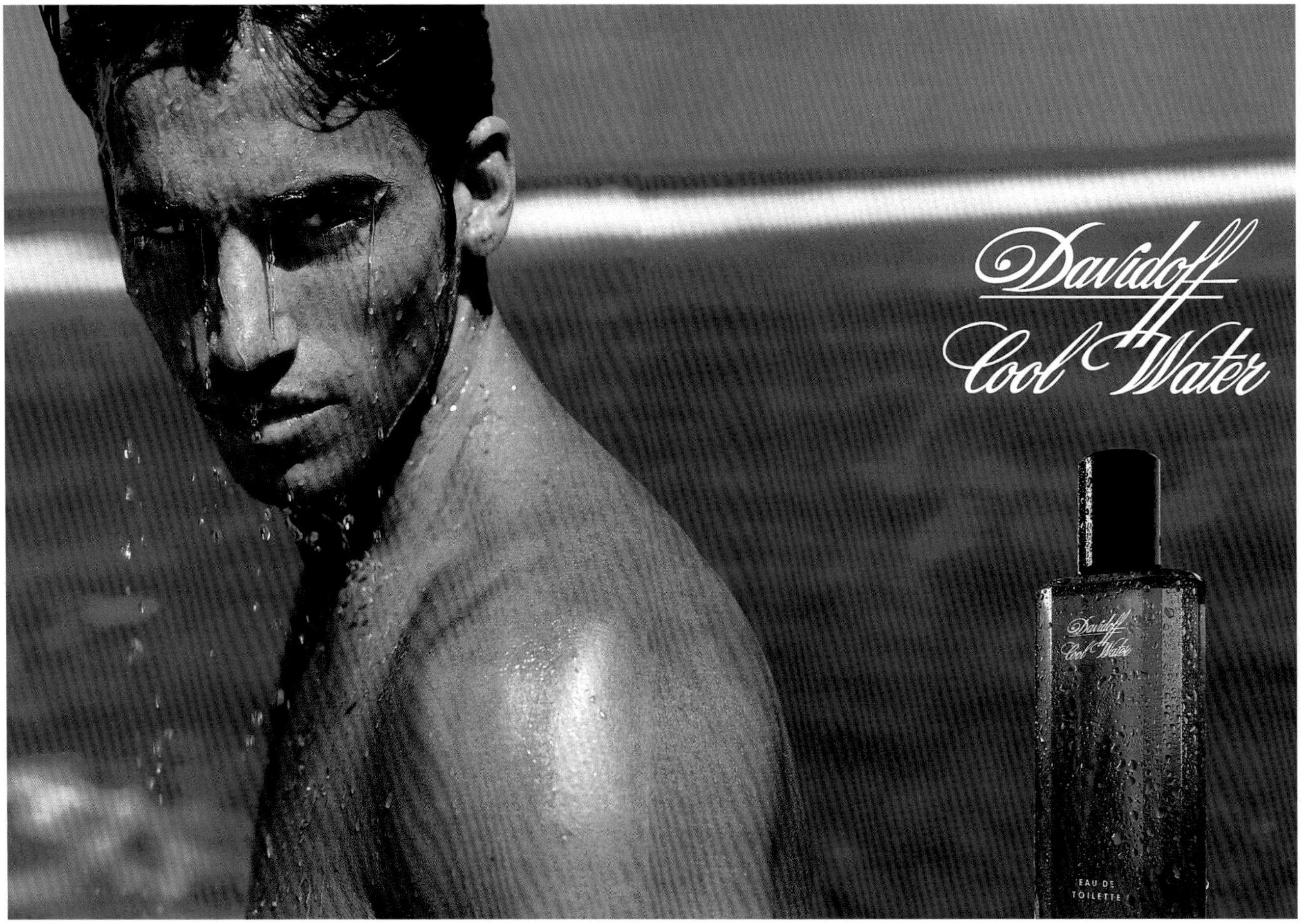
Davidoff
Cool Water
EAU DE
TOILETTE

第二节 广告色彩设计的程序

广告色彩设计由于广告信息传播的特性，需要与广告创意设计的程序相适应，一般可分成以下五个阶段：

1.调查阶段。调查的重点在于分析企业自身与竞争对手之间的差异，分析市场、消费者的实际需求。调查的内容是：搜集相关资料；企业实际状况分析；竞争企业分析；市场需求分析；消费目标分析；广告目标、主题分析，其内容与广告调查内容一致，只是在调查消费者的实际需求之时增加消费者对色彩的好恶的调查及分析。

2.色彩表现概念阶段。根据以上调查分析以及广告的主题，来设定相对应性的色彩表现概念，其设定的项目是：设定广告形象概念；设定广告表现概念；设定广告色彩概念。

3.色彩形象阶段。这一阶段是将各种广告形象概念与色彩形象作一客观、合理的定位，并且归纳广告形象概念，把广告形象进行分类，以确定色彩的联想、象征等表征符合广告的形象，为广告形象确定合适的色彩形象。

4.效果测试阶段。把确定的广告色彩进行色彩生理和色彩心理的考察与测试，以确定广告色彩符合于表现形象概念。测试的项目是：色彩的诱目性、视认性等生理性的测试；色彩的具象、抽象联想及嗜好等色彩心理性的测试。

5.设计实施阶段。这一阶段就是把经过测试后的色彩设计使用在广告的画面之上，在设计时，需考虑的重点是：色彩与形象的搭配、色彩的美感等。

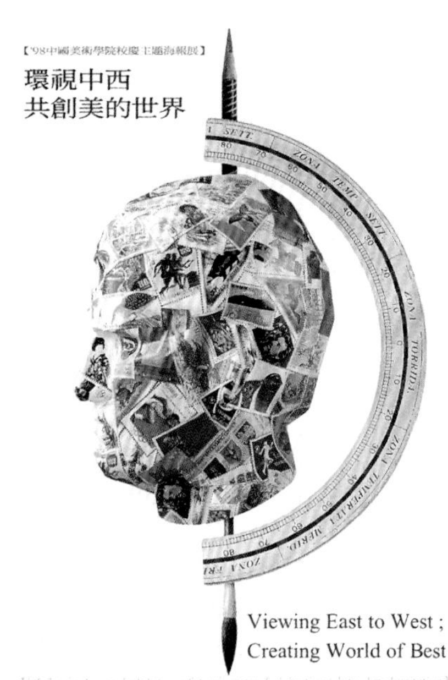

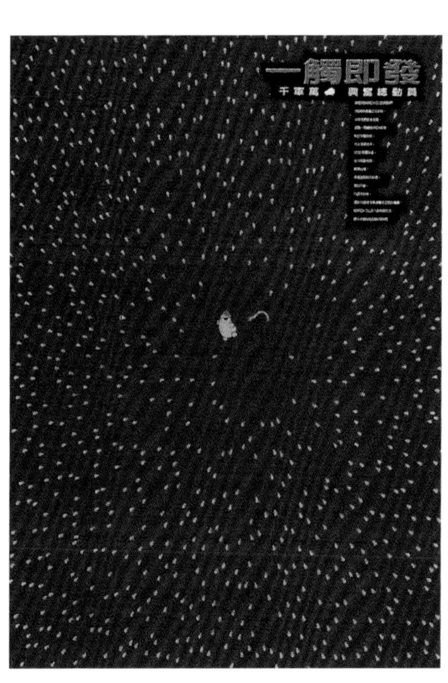

TATOO OF THE TAYAL GROUP
1996
TAIWAN原住民
IMAGE

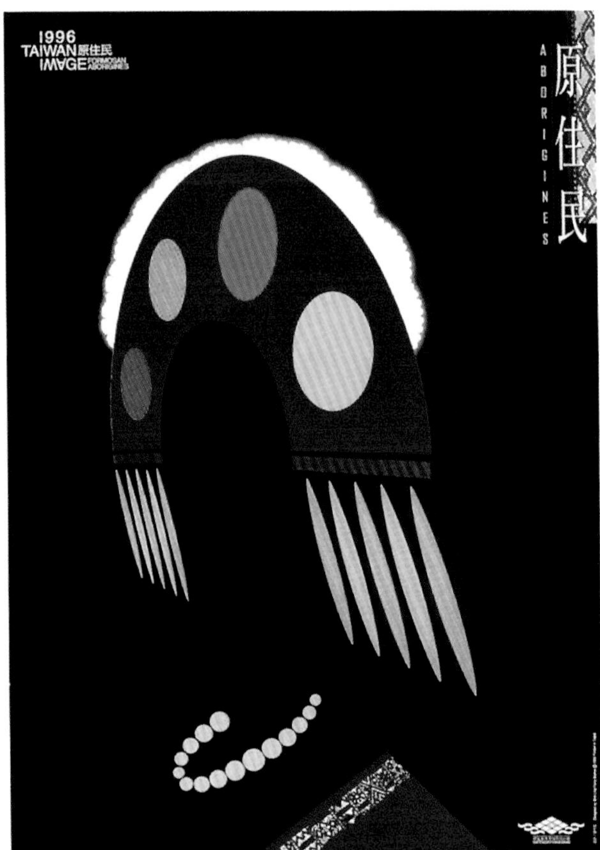
1996
TAIWAN原住民
IMAGE FORMOSAN ABORIGINES
原住民
ABORIGINES

1996
TAIWAN原住民
IMAGE FORMOSAN ABORIGINES

TAIWAN LANDSCAPE
日月潭
SUN MOON
LAKE

TAIWAN
island of fascination

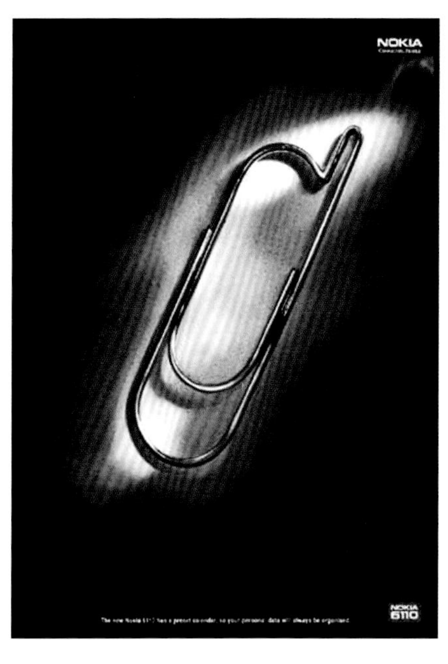
NOKIA
NOKIA
6110

NOKIA
NOKIA
6110

NOKIA
NOKIA
6110

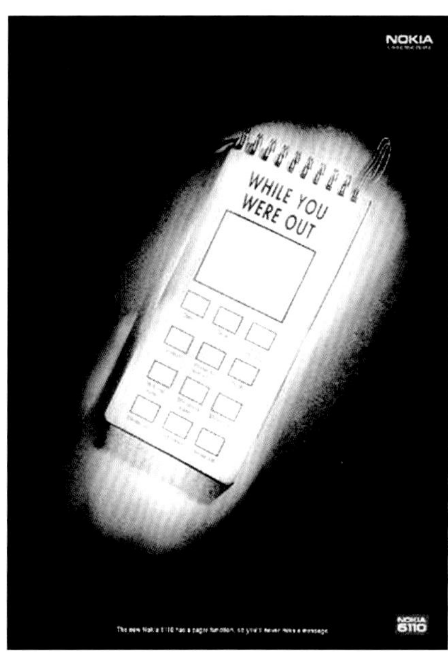
NOKIA
WHILE YOU
WERE OUT
NOKIA
6110

¿ Sabes qué dirás si dedicas
un minuto al día a las naranjas ?
Bravo!
intercitrus
CAMPAÑA FINANCIADA
CON LA PARTICIPACIÓN DE LA
COMUNIDAD EUROPEA.
Lo dirás cada día con renovado dinamismo. Las naranjas te dan lo que necesitas para estar en plenitud de facultades y sentirte mejor que nunca: un alto poder antioxidante, fibra, minerales, vitamina C .... y todo el sol del Mediterráneo. Las naranjas son fuente de energía y salud. Lo más natural del mundo.
Regeneración
natural

VUEGO® SCAN
Express Yourself
Acer
Peripherals
VUEGO SCAN 300F

Mit 4% Fruchtsaft: Die neuen Rhäzünser Plus.
Rhäzünser Plus
Rhäzünser Plus

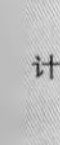

ABSOLUT
VODKA
ABSOLUT FRABEL.

ABSOLUT COOPERSTOWN.

ABSOLUT COUNTRY.

ABSOLUT
Country of Sweden
MANDRIN
IMPORTED
ABSOLUT BALANCE.

ABSOLUT BEAUTY.

ABSOLUT BEIJING.

ABSOLUT BOREALIS.

ABSOLUT TYUMEN.

ABSOLUT
Country of Sweden
VODKA
This superb vodka
was distilled from grain grown
in the rich fields of southern Sweden.
It has been produced at the famous
old distilleries near Åhus
in accordance with more than
400 years of Swedish tradition.
Vodka has been sold under the name
Absolut since 1879.
ALC. 40% / VOL. (80 PROOF)
ABSOLUT WELLS.

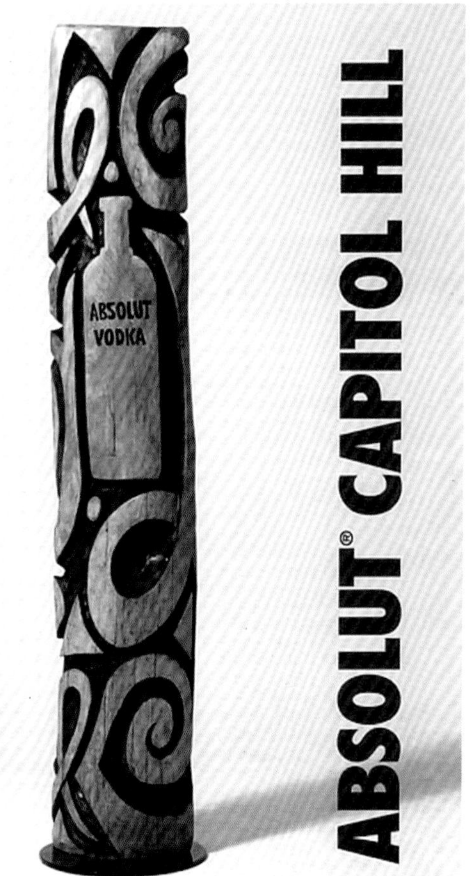

以上广告是著名的"绝对伏特加"广告，这些广告用形状与色彩表述着可以让人产生很多联想故事，每一个画面的色彩都非常考究，并营造出完美的意境。在后面的广告欣赏中读者还可以欣赏到"绝对伏特加"的其他类似的广告。我们可感受到广告创意的无限，广告色彩的无限。

第三节 广告色彩设计的原则

在广告设计中，色彩并不是用得越多，效果越好，而应尽可能地用较少的色彩去获得较完美的色彩效果。用色要高度概括、简洁、惜色如金、以少胜多，配色组合要合理、巧妙、恰到好处。要强调色彩的刺激力度，以使对比强烈而又和谐统一的色彩画面更具强烈的视觉冲击力。

广告的色彩设计应从整体出发，注重色彩的对比与调和，注意色彩的感情、联想及象征性，注重各构成要素之间色彩关系的整体统一，以形成能充分体现广告主题的色调。在平面广告色彩设计中还应注重黑、白、灰关系，使画面中的色彩主次分明，形成一定的层次感，以突出广告主题，使广告的意念或商品的特点得到充分的体现。

广告色彩设计的原则主要从广告视觉信息传播需要达成之目标来考虑广告色彩所能达成的目标。主要有以下原则：

1.注目性原则

广告在发布出去以后，第一件事情就要吸引人注意，如果不能引人注意，广告内容再好，也是失败的广告。因此，广告的色彩设计在根据广告主题确定的色彩体系内，首先要考虑如何吸引人们的视线，这就需要设计者对色彩的强度对比、对色彩与环境搭配等方面作较深入而细致的比较、考虑与设计。

2.识别性原则

广告的色彩服务于广告的信息传播，色彩也是一种语言，在广告中色彩大部分是配合广告形象的设计来传达广告信息的，是根据色彩的联想与象征和形象与色彩表述的一致性来实现的，其目的是使受众对广告信息认同，因此，广告色彩应该与广告的主题相吻合，使人易于识别和理解。

3.个性原则

广告不能千篇一律，每则广告或每一时期的广告应该要有自己的个性风格和时代特色，这样才能使消费者在广告的个性中感受广告的魅力。色彩最能体现广告产品的个性的要素，这是因为色彩一经调配，可以得出无数的样式，精心选择一套适合广告主题和产品诉求的色彩，可为产品披上充满个性的外表。

4.情感性原则

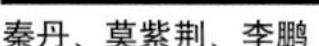
秦丹、莫紫荆、李鹏

秦丹、莫紫荆、李鹏

广告创意应该在“情”字上下工夫，广告色彩的设计应该为了“情”增添“煽情”的艺术表现力与感染力。在设计时充分考虑色彩给人的感觉和联想，并引发某种生理感应，使广告产生一种愉快的意境，使受众的情绪被广告色彩激发起来，这样，广告就一定能够取得传情达意的效果。

5.审美性原则

广告色彩要注重色彩形式的审美，也就是说，在色彩与色彩的组合搭配中，在广告色彩与环境的搭配中展示色彩的完美境界，给人带来精神上的享受。

成功的广告色彩设计往往能超越商品本身的功能并在销售中起到促进的作用。因此，广告的色彩设计一定要从表现主题内容和商品的个性特征出发，把握住色彩变化的时代特征，研究人们对色彩求新、求异的心理规律，打破各种常规或习惯用色的限制或禁忌，大胆探索与创新，以设计出新颖、独创的色彩格调并赋予色彩以新的内涵。

陈金铭、满毅、王英才、梁铁

陈金铭、满毅、王英才、梁铁

陈金铭、满毅、王英才、梁铁

TÚ MANDAS

206

La seguridad por delante

Con un Peugeot 206 dominarás siempre cualquier situación. Máxima visibilidad sobre cualquier ángulo, ABS de nueva generación y compensador de frenada en función de la carga, paddings de absorción de impactos laterales, airbags delanteros -desconectable el del acompañante- y laterales, cinturones con limitador de esfuerzo, avisador de puertas mal cerradas... todo lo que la tecnología es hoy capaz de ofrecer.

Pregunta en tu concesionario por el "Pasaporte Peugeot", el camino más fácil para disfrutar tu 206.

PEUGEOT 206. HASTA DONDE TÚ QUIERAS LLEGAR.

COCHE DEL AÑO ABC EN ESPAÑA 99

www.peugeot.es - Peugeot Directo 900 106 306

P E U G E O T . P A R A D I S F R U T A R D E L A U T O M O V I L

Viva tours
IBERIA
España (Peninsular)
Ciudades y Costas
1 9 9 9 - 2 0 0 0

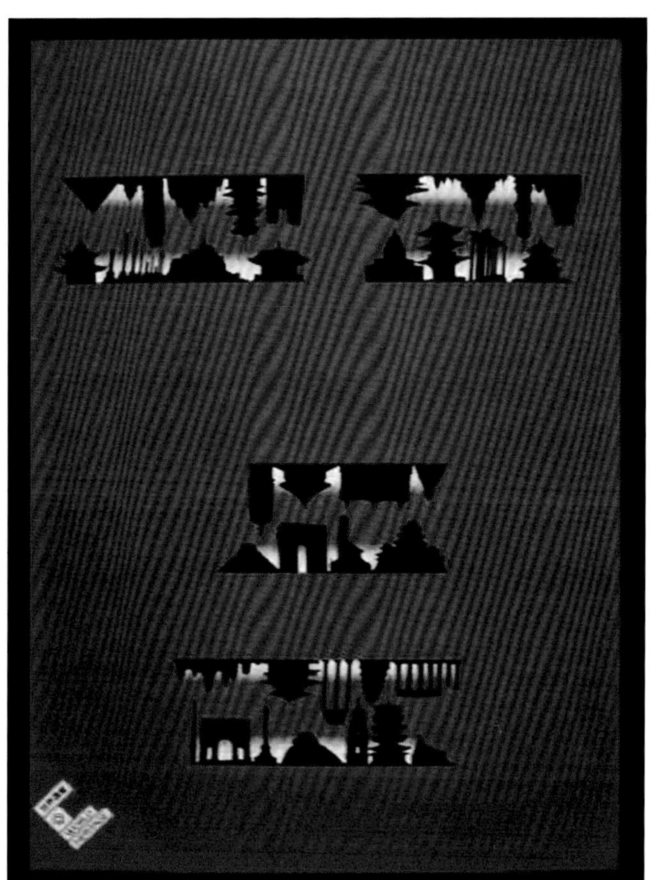

ZOOM
ROTATE
OK
CANCEL
MENU
hp
凸出晒！全靠hp PhotoREt 4「叠彩32」層疊色打印，立體感零舍驚人。
hp
invent

QualityCare「人車新氣象」春節健檢
讓愛車穿新衣·戴新帽·體面過好年！

国外作品

BRITISH STEEL
BRITISH STEEL
ABSOLUT PRIEST.

ABSOLUT CITRON.

ABSOLUT BREEZE.

ABSOLUT WHISTLER.

ABSOLUT -4

ABSOLUT SAN DIEGO.

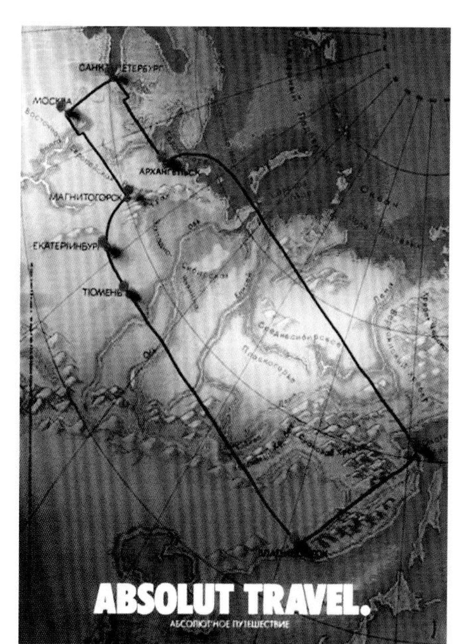
МОСКВА
АРХАНГЕЛЬСК
МАГНИТОГОРСК
ЕКАТЕРИНБУРГ
ТЮМЕНЬ
ABSOLUT TRAVEL.
АБСОЛЮТНОЕ ПУТЕШЕСТВИЕ

ABSOLUT POWER.

Ausreise
Einreise
ABSOLUT BERLIN.

ABSOLUT BOLSHOÏ.
АБСОЛЮТ БОЛЬШОЙ

ABSOLUT BABUSHKA.
АБСОЛЮТ БАБУШКА

ABSOLUT Y2K.

ABSOLUT BRUSSELS.

ABSOLUT IDOL.

ABSOLUT FREEDOM.

ABSOLUT INDEX

Number of people who think Central Park is actually shaped like an Absolut Vodka bottle: 19,842. ❑ Chances an Absolute Vodka drinker has been to college: 3 in 4. Chances that an Absolut drinker would notice the misspelling in the previous sentence: 1 in 10. ❑ Number of jelly beans needed to fill an Absolut bottle: 222. Number of ex-presidents who have tried this: 1. ❑ Number of times Absolut was given as a gift to a boss in 1992: 396,229. Number of promotions to vice president, 1992: 396,229. ❑ Rank of Absolut among imported vodkas: 1. Percentage of drinkers who drink Absolut for this reason only: .0000002. ❑ Number of bars and restaurants in New York City that feature Absolut: 11,000. Number that serve water: 11,000. ❑ Average number of Absolut bottles needed to fill an Olympic-size swimming pool: 315,418. Number of times this has been done: 0. Are you kidding? Waste fine vodka? ❑ Number of people who have been inside the Absolut Miami building: 0. Number of people who have been swimming in the Absolut LA pool: 0. Percentage of Americans who know the reason why: 2. ❑ Percentage of alcohol advertising that features bikini-clad women: 27. Percentage of Absolut advertising that features bikini-clad anything: 0. ❑ Longest solo flight (miles) in the Absolut hot air balloon: 2,345. ❑ Amount of money raised by Absolut Artists Against AIDS: $750,000. ❑ Number of homes in Sweden heated with energy generated from the Absolut purification process: 10,000. ❑ Distance (km) reached by lining up world supply of Absolut bottles around the equator: 27,300, or once around the United States, or 14 times around Sweden. ❑ Average dress size used in Absolut fashion show: 6. ❑ Ratio of calories in 1 oz. cheesecake to 1 oz. Absolut: 9 to 1. ❑ Number of people who can identify the man on the Absolut bottle: 47. Number who aren't Absolut employees: 3. ❑ Average number of words in an Absolut ad: 2. Number of words in Absolut Index: 351. ❑ Percentage of people who read all the words in an Absolut ad: 99.7. Number of people who have read all of this ad: You're the first.

Harper's Index style used with special permission of Harper's Magazine

ABSOLUT IMAGINATION.

以上的广告是“绝对伏特加”的系列广告，该系列广告通过形式上的无穷变化，使该主题创意发挥到一种很高的境界，而广告色彩也在渲染广告的主题，使广告的信息传播和艺术情趣都达到了良好的效果。

DON'T CONFUSE LOVE AT FIRST SIGHT WITH REALLY DIM LIGHTING.

INTELLIGENT NIGHTLIFE™

SMIRNOFF ICE

Drink Responsibly.

SAMSUNG DIGITall
everyone's invited
Bloomberg gets its vision from Samsung.
That's DigitAll vision.
Bloomberg When it comes to the market, Bloomberg isn't afraid to take a unique perspective. That's why, everywhere you look, Bloomberg's corporate offices are filled with streaming financial news on displays from Samsung — the world's leading manufacturer of TFT-LCD displays. From columns on the wall to displays in the floor, Samsung monitors set themselves apart by delivering superior technology and stylish design. And the new SyncMaster 192T is no exception. With that kind of outlook, it's easy to be bullish about Samsung.
Add vision. Add possibility. Add Samsung.
SAMSUNG
Visit www.samsungusa.com

SAMSUNG DIGITall
everyone's invited
Forbes enjoys clearer vision thanks to Samsung.
Forbes
AMERICA'S 500 TOP COMPANIES
That's DigitAll vision.
Forbes How do you become the nation's foremost business magazine? With unparalleled vision and absolute clarity. That's why Forbes chose to utilize displays from Samsung — the world's leading manufacturer of TFT-LCD displays. And with technology like the new SyncMaster 192T, the tradition of excellence continues with the truest color reproduction, sharpest imaging and smartest overall investment. Together with Samsung, there's an even brighter future for publishing and beyond.
Add vision. Add possibility. Add Samsung.
SAMSUNG
Visit www.samsungusa.com

SAMSUNG DIGITall
everyone's invited
Bank One sees a bright future with Samsung.
That's DigitAll vision.
BANK ONE How has Bank One become a leader in banking while showing its nearly 500,000 small business clients the path to a bigger, brighter future? With unparalleled vision and absolute clarity. That's why Bank One chooses Samsung — the world's leading manufacturer of TFT-LCD displays. And now Samsung's commitment to the big picture continues with the innovative display technology found in the SyncMaster 192T, giving you the opportunity to visualize a future just as bright.
Add vision. Add possibility. Add Samsung.
SAMSUNG
Visit www.samsungusa.com

Electronic And Traditional.

Unique Colour Separation Pte Ltd

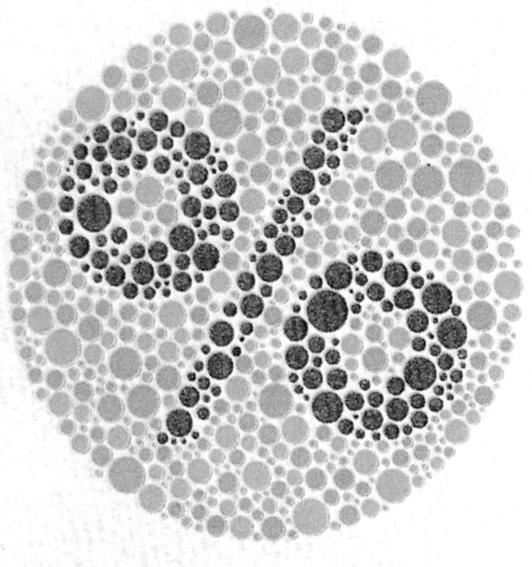

Matching Perfectly.

Unique Colour Separation Pte Ltd

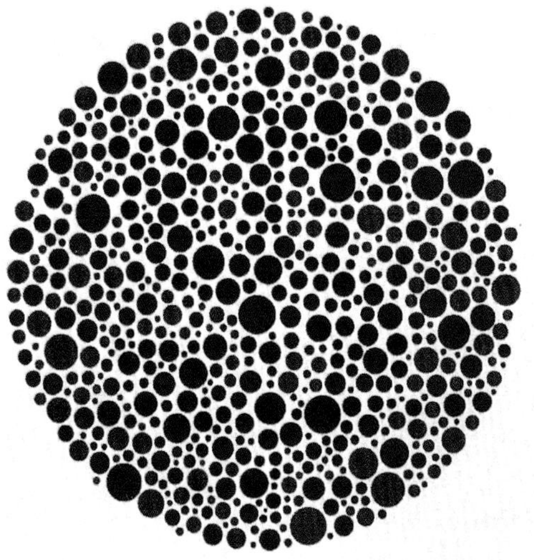

No hidden Cost.

Unique Colour Separation Pte Ltd

Frankenstein's private collection
m&m's

Federico Fellini's private collection
m&m's

Neil Armstrong's private collection
m&m's

Bruce Lee's private collection
m&m's

散亮光将图像渲染成象是透
过一个柔和的扩散滤镜来观看。此
滤镜将透明的白色杂色
添加到图像，并应用从
选区的中心向外"退去"的亮光。

聯系電話 4921997

文化與生活的交流

WEN HUA YU SHENGHUO DE JIAO LIU

有分层文件的复合图像"选项存储的拼合文件创建置换

甘毅

李海遥、廖栗、冯艳

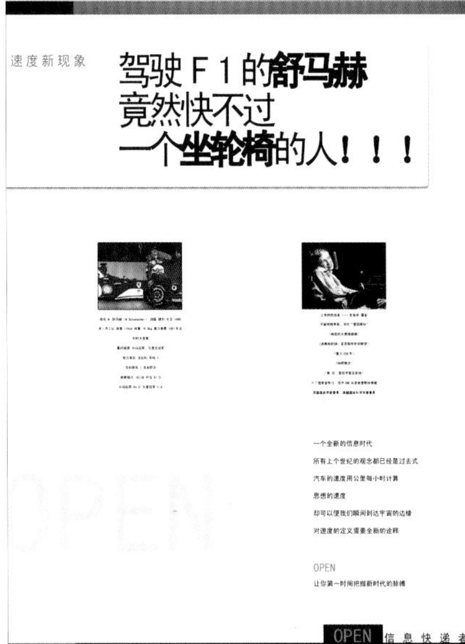

崔向上、农聪玲

崔向上、农聪玲

崔向上、农聪玲

李昌茂、余伟林

李伟

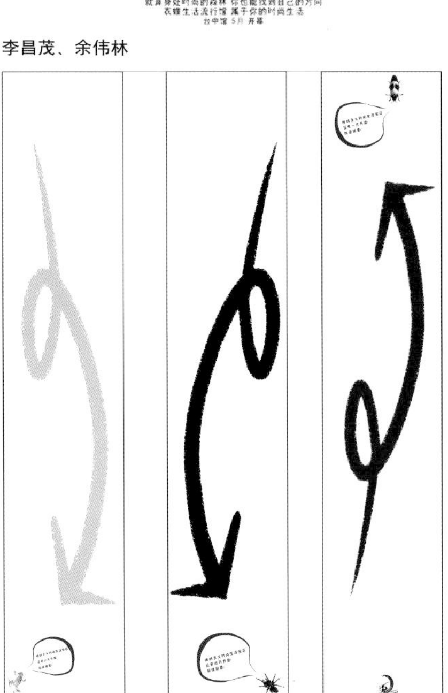
罗毅艺

伴毫

以知識沉澱智慧的厚度

用智慧潔净人文的價值

悠悠書香間，義守伴你我譜寫未來

義守

一 所 追 求 真 理 、 崇 禮 尚 義 、 勇 於 創 新 、 逐 夢 踏 實 的 大 學

ISU 義守大學

I-SHOU UNIVERSITY

刘宁

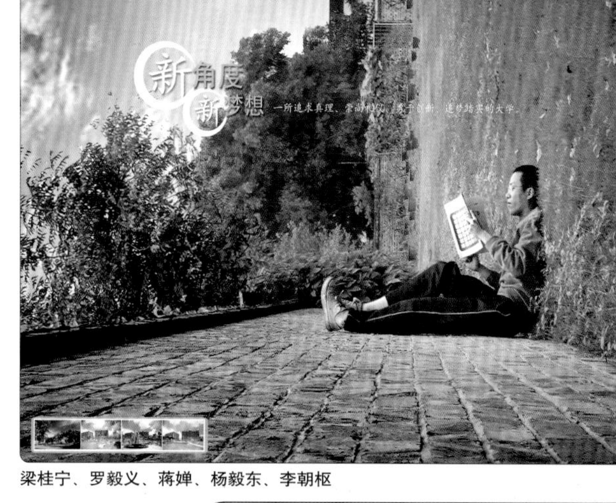

義守大學
I-SHOU UNIVERSITY
新角度
新梦想

梁桂宁、罗毅义、蒋婵、杨毅东、李朝枢

義守大學
I-SHOU UNIVERSITY
新角度
新起点
一所追求真理、崇尚礼仪、勇于创新、追梦踏实的大学。

梁桂宁、罗毅义、蒋婵、杨毅东、李朝枢

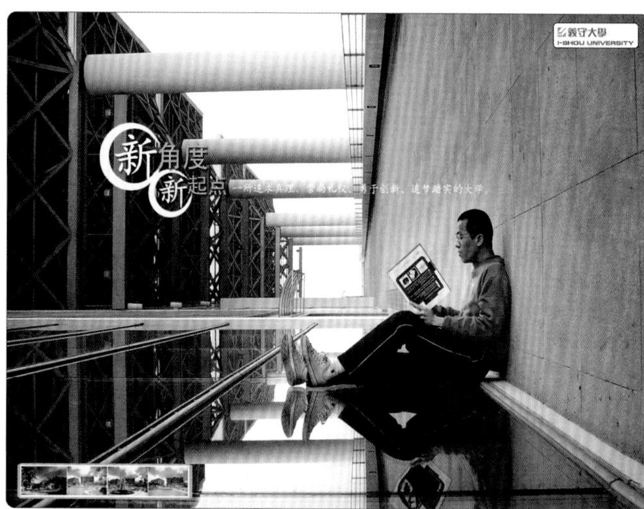

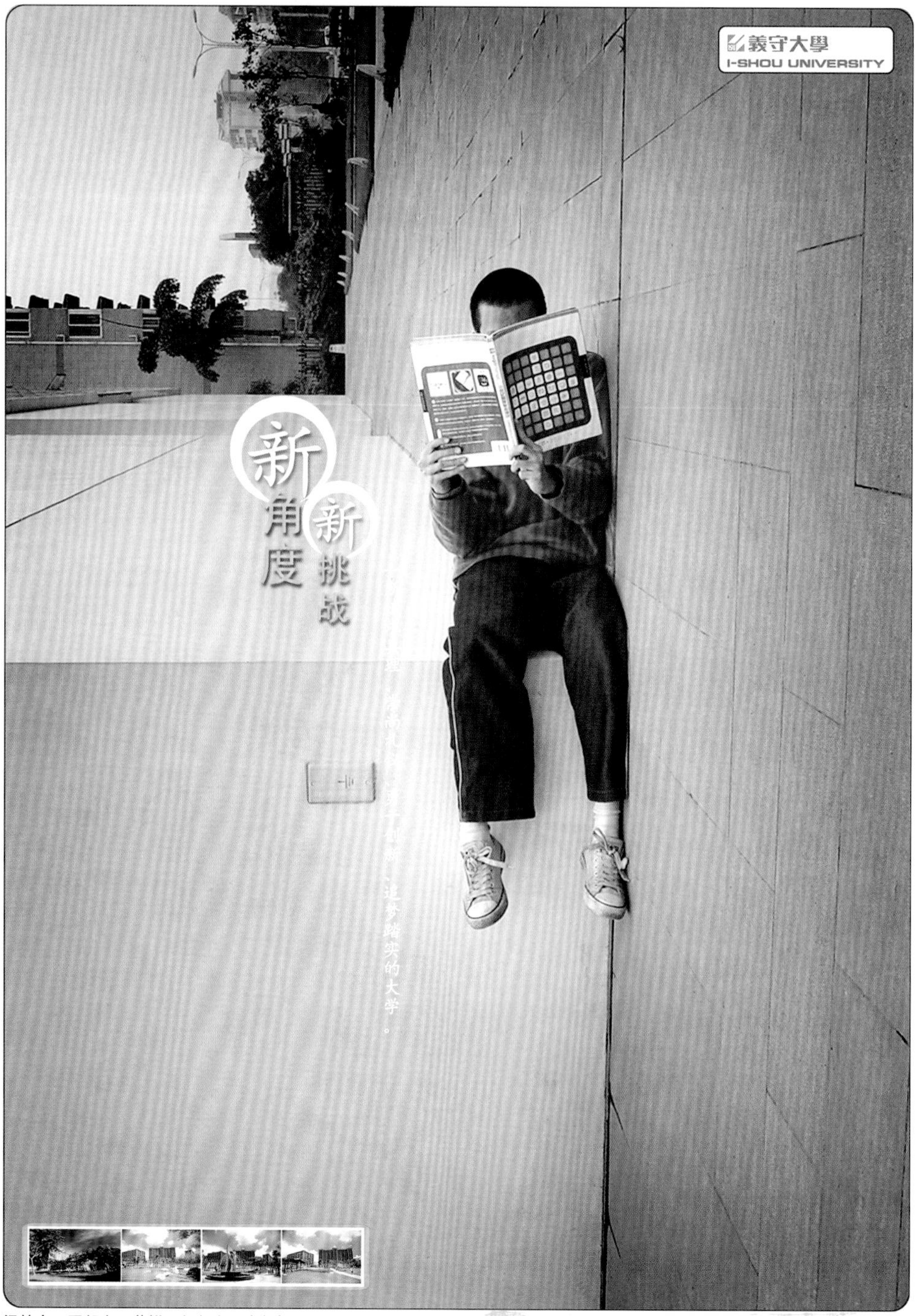
義守大學
I-SHOU UNIVERSITY
新角度
新挑战
追梦踏实的大学。

梁桂宁、罗毅义、蒋婵、杨毅东、李朝枢

麦远莹、张苑

胡钟文、陈金铭、祝毅

Up2U

想要青春更多彩一定要重色轻友

色彩
重视
朋友
轻轻松松

江素娟

Up2U

想要青春更多彩首先要做色情狂

五颜六色
爱情
狂热

江素娟

刘宁

韦东华、李鑫

麦里

李鑫

刘宁

■收藏经典 经典收藏

爱在“天地一心”

动在“海潋之星”

情在“真钻经典”

BULOVA
瑞士宝路华表

让时间来考验他的价值；让潮流来考验他的创新；让爱他的你来考验他的一切。一份真心收藏的爱，是回忆也追求。瑞士宝路华表荟萃尖端制表科技、传统工艺、创新设计，让你的收藏更经典。

杨琼

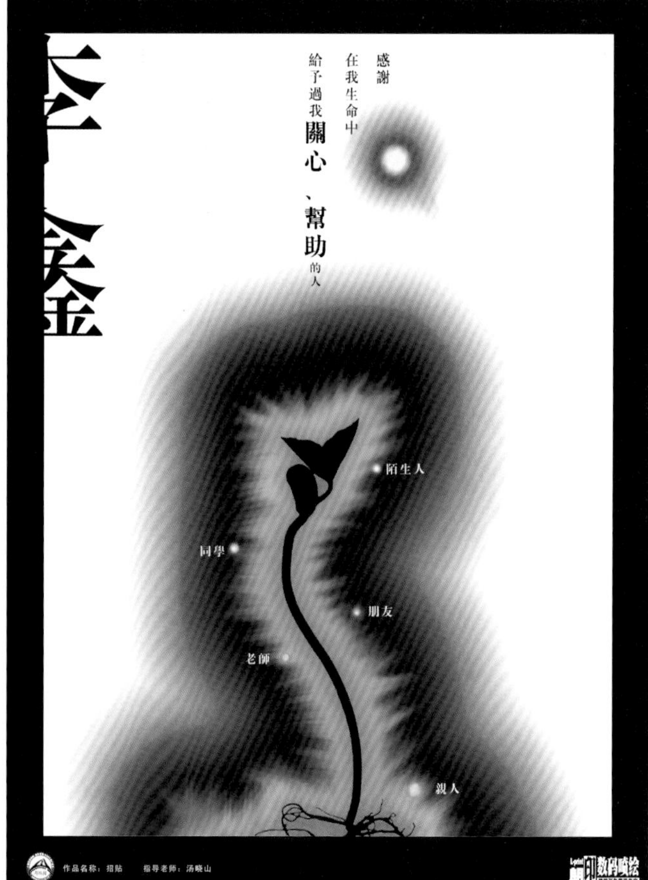

李鑫

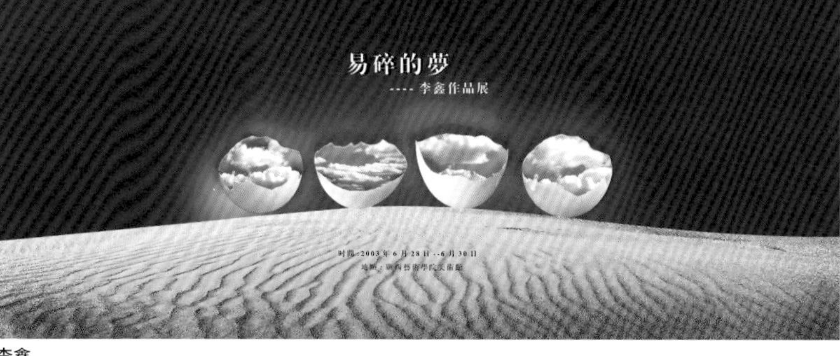

李鑫

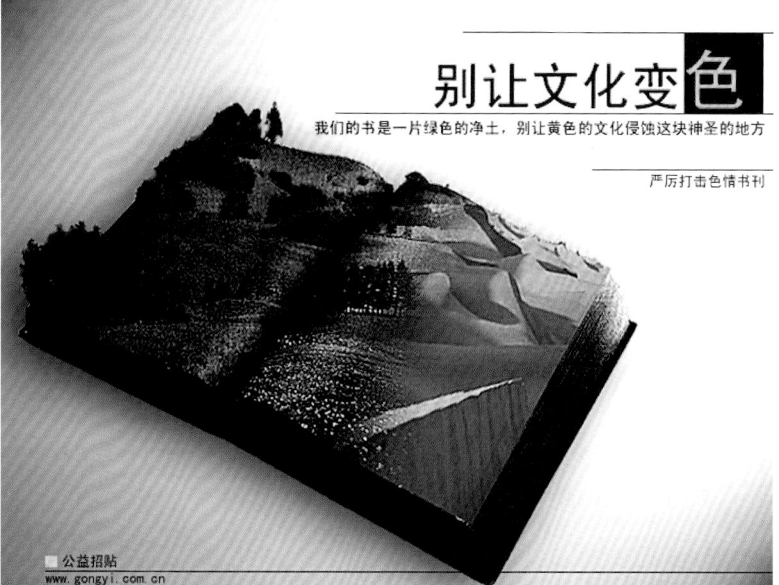

钟奇钢

梁锟、梁晋、章婷、李瑾、方珊

梁锟、梁晋、章婷、李瑾、方珊

Up2U

我的色彩改变天气

2004年秋冬新色产品

蒙守霞

蒙守霞

图书在版编目(CIP)数据

广告设计色彩／陆红阳编著．—南宁：广西美术出版社，2005.2
(现代设计色彩教材丛书)
ISBN 7-80674-598-X

Ⅰ．广... Ⅱ．陆... Ⅲ．广告—设计—色彩学
Ⅳ．J524.3

中国版本图书馆 CIP 数据核字（2005）第 010798 号

艺术顾问　柒万里　黄文宪
主　　编　陆红阳　喻湘龙
本册著者　汤晓山
编　　委　汤晓山　陆红阳　喻湘龙　林燕宁
　　　　　何　流　周景秋　利　江　陶雄军
　　　　　李　娟
出 版 人　伍先华
终　　审　黄宗湖
策　　划　姚震西
责任编辑　白　桦
文字编辑　于　光
校　　对　黄　艳　陈小英　刘燕萍　尚永红
封面设计　姚震西
版式设计　白　桦

丛书名：现代设计色彩教材丛书
书　名：广告设计色彩
出　版：广西美术出版社
地　址：南宁市望园路 9 号(530022)
发　行：广西美术出版社
制　版：广西雅昌彩色印刷有限公司
印　刷：深圳雅昌彩色印刷有限公司
版　次：2005 年 4 月第 1 版
印　次：2005 年 4 月第 1 次
开　本：889mm × 1194mm　1/16
印　张：6
书　号：ISBN 7-80674-598-X/J·427
定　价：32.00 元